COLLECTION FOLIO

Francis Iles

... quant à la femme

Traduit de l'anglais
par Josette Pinaud

Gallimard

Titre original :

AS FOR THE WOMAN

Parmi les classiques du roman policier anglais, Francis Iles a trouvé une place aux côtés des plus grands, de Conan Doyle à Agatha Christie. On trouve de lui, dans Folio, *Complicité* (n° 239) et *Préméditation* (n° 421).

CHAPITRE PREMIER

I

Alan Littlewood semblait né pour les catastrophes. Tout ce qu'il entreprenait tournait mal ; le projet le plus simple formé par lui était sûr d'échouer.

C'est du moins ce que pensait Alan lui-même, et cette affaire du voyage à pied était symptomatique à cet égard, bien que les puissances malignes qui semblaient continuellement s'opposer à lui eussent rarement employé des moyens aussi rigoureux. — Juste une semaine avant que dût s'achever, dans une atmosphère habituelle de joyeuse bousculade, le dernier trimestre d'Oxford, Alan fut obligé d'annoncer à ses trois amis intimes que, selon sa malchance habituelle, l'inévitable s'était produit. Il avertit Piggy Chalms le premier :

— Désolé, Piggy, mais ça ne va plus.

Le ton d'Alan était soigneusement indifférent.

— Qu'est-ce qui ne va plus ?

— Notre voyage à pied en France projeté pour ces vacances-ci.

— Quoi ? Mais, mon cher, tout est arrangé. Jerry et Bill ont...

— Oh ! toi, Jerry et Bill vous pouvez partir ; je voulais seulement vous dire que moi je ne peux pas.

— Mais pourquoi ?

— Eh bien !... voilà, Piggy ; je ne veux pas qu'on en parle, mais tu te souviens qu'il y a dix ou quinze jours j'ai été examiné par un médecin de Londres. Et le fait est qu'il a découvert un voile ou quelque chose de ce genre sur l'un de mes poumons. Rien de grave, mais il pense que je ferais mieux de passer mes vacances sur la côte Est. C'est tout.

— Mon pauvre vieux, je suis absolument désolé.

— Oh ! ce n'est rien.

— Quelle déveine ! Es-tu obligé d'aller dans quelque sinistre sanatorium ?

— Oh ! non, ce n'est pas grave du tout, je te dis. Ils sont en train de s'arranger pour que je puisse habiter chez un docteur, là-bas. Je vais simplement m'ennuyer à mourir.

— Chez un docteur ?

— Oui. Naturellement, je te le répète, ce n'est absolument pas grave. Ils pensent seulement qu'il vaut mieux que je sois sous la surveillance d'un médecin pendant les vacances. C'est tout.

Alan Littlewood ne put s'empêcher d'éprouver un léger sentiment d'importance, tandis qu'il voyait l'inquiétude envahir les traits de son ami. Mais il refoula son émotion immédiatement. Naturellement il n'y a pas de quoi se sentir important parce qu'on a un voile sur l'un de ses poumons. Pourtant...

— Poésie et phtisie ne vont-elles pas toujours de pair ? Tu vois, la nature ne peut s'empêcher d'être conventionnelle.

— Alan, dit Piggy avec admiration, quel type cynique tu es !

Alan eut un léger haussement d'épaules et repoussa

une mèche qui pendait sur son front blanc. Il savait parfaitement bien qu'il était un type cynique. Jerry, Bill et Piggy le lui disaient assez souvent.

— Je pourrais peut-être tirer quelque matière poétique de cette situation, dit-il avec insouciance, mais je ne serais pas hypocrite au point de souhaiter être plus malade afin que l'expérience soit plus complète !

— Personne ne t'accusera d'être hypocrite, mon vieux, dit Piggy sincèrement, quels que soient les autres griefs qu'on veuille t'imputer.

Alan sourit. L'admiration non dissimulée de Piggy, le fait que Jerry et Bill le reconnaissaient aussi comme le guide intellectuel de leur quatuor, lui étaient très chers.

Par contre, la pensée de la maison familiale qu'il devait rejoindre dans huit jours lui était comme toujours légèrement désagréable. Puis, pris de remords, il chassait cette idée. Mais cette fois, Alan sentit que ce serait différent ; cette fois il n'aurait pas besoin de rassembler toute son énergie mentale avant d'affronter la famille. Avoir un voile sur l'un de ses poumons peut ne pas prouver qu'on est poète, se dit-il avec une facile ironie ; mais avoir un poème publié dans un journal le prouve indiscutablement ! Et ce serait chose faite quand il rentrerait à la fin de ce trimestre. Et le poème ne serait pas publié dans quelque obscur périodique d'université (c'était une vieille histoire maintenant), mais dans l'un des hebdomadaires londoniens les plus à la mode. Voilà qui leur montrerait qu'il n'y avait pas là pure vantardise de sa part.

Alan souhaitait souvent que sa famille ressemblât davantage à Piggy, Jerry et Bill. Il n'était pas question de vantardise avec eux.

II

La maison familiale considérée depuis Oxford, au sein de cette bonne vie et de la chaude estime d'un groupe restreint sans doute, mais qui répond à toutes vos aspirations, est susceptible de subir quelques modifications à mesure que vous vous rapprochez d'elle. Les Littlewood habitaient une ville laborieuse en province, non loin de Londres. Alan, à peine arrivé à la gare, découvrit qu'il était décidément content d'être de retour.

A vrai dire, ce phénomène se produisait régulièrement au commencement des vacances, et chaque fois Alan en était un peu troublé et se demandait s'il n'était pas d'une nature inconstante. Il héla un taxi et se fit conduire chez lui.

Tandis qu'il remontait la Grande Rue, il remarqua avidement les nouveaux magasins qui s'étaient ouverts depuis son dernier passage.

Le taxi s'arrêta devant deux maisons jumelles dans une rue tranquille.

Il n'y avait plus beaucoup d'argent dans la famille. Mr Littlewood, de son vivant l'un des plus éminents biologistes de son époque, membre d'un grand nombre de sociétés savantes d'Europe, n'avait laissé à sa veuve que très peu, en plus de ce qui lui était nécessaire pour ses besoins personnels.

Il n'y aurait rien eu en sus pour l'éducation des enfants si une grand-mère prévoyante n'avait légué quelques fonds à cet usage ainsi qu'un tout petit revenu que chacun d'eux devait toucher à sa majorité.

Comme il s'y attendait, sa sœur Célia lui ouvrit la

porte. C'était une grande jeune fille, jouissant du beau physique de sa génération, jolie quoique ses traits fussent un peu durs, et qui aurait été plus jolie encore si elle ne s'était ingéniée à tirer d'elle-même le plus mauvais parti au lieu du meilleur. Elle accueillit Alan avec un « Hullo » assez froid.

— J'ai vu le taxi et j'ai pensé que c'était toi.

— Quel esprit vif ! railla Alan, il y a tellement de taxis par ici, n'est-ce pas ?

Il posa sa valise dans l'entrée et nota d'un œil désapprobateur la mauvaise coupe de la robe en serge bleue de sa sœur. Pourquoi, diable, sortait-elle des sentiers battus pour acheter des vêtements aussi peu seyants ? Probablement pour la même raison qui lui faisait couper ses cheveux raides de façon qu'ils pendent sans grâce tout autour de sa tête.

— Eh bien ! qu'est-ce qu'on éprouve à avoir vingt et un ans ? demanda Célia.

Alan, tout en lui répondant de manière facétieuse et adéquate, pensa à part soi que cette question manquait de tact. Il aurait été plus fraternel de lui demander ce que l'on ressentait à avoir un poumon voilé.

Tandis qu'il se retournait pour aider le chauffeur de taxi à porter sa malle, un bruit de pas lourds dans l'escalier le ramena dans l'entrée. Hugh se précipitait comme d'habitude en faisant des bonds désordonnés.

— Bonjour, jeune homme, lui cria Alan cordialement, pourquoi n'es-tu pas à l'école ?

— Deux jours de congé pour monter et descendre les bagages d'un frère déficient, dit Hugh en grimaçant un sourire ; cela leur est égal, maintenant que j'ai fait mon travail.

Quelques semaines plus tôt, Hugh s'était vu attribuer l'une des bourses les plus difficiles à obtenir de la

Section des Sciences de Cambridge. Il était clair qu'il allait suivre les traces de son père.

— Oh oui ! (Une rougeur subite envahit les joues pâles d'Alan.) Félicitations et tout le tremblement. C'est du beau travail.

— Merci, dit Hugh avec nonchalance, ce n'était pas bien compliqué après tout. Les autres types qui concouraient n'y connaissaient pas grand-chose. Ça va, cria-t-il au chauffeur de taxi, je vais vous donner un coup de main.

Et il disparut dans un tourbillon.

Alan pensa, et ce n'était pas la première fois, combien Hugh était toujours à l'aise. Même les félicitations, il les prenait comme elles venaient. C'est un don enviable. A la place de Hugh, Alan aurait rougi comme un soleil couchant et se serait mis à bégayer. Il est vrai que Hugh, pour une chose ou pour une autre, était habitué à recevoir des félicitations.

— Ah ! Alan chéri, tu as fait bon voyage ?

Mrs Littlewood venait d'apparaître à la porte du salon. C'était une femme à la carrure forte, aux sourcils épais, au visage anguleux, bon mais intransigeant, surmonté de cheveux gris fer.

— Bonjour maman, dit Alan en mettant son bras autour de la taille assez épaisse de sa mère et en l'embrassant.

Il aimait beaucoup sa mère, bien qu'il ne s'était jamais entièrement débarrassé du sentiment de crainte qu'elle lui inspirait quand il était enfant.

— Oui, un voyage tout à fait supportable.

— Le thé sera prêt dans une minute.

Hugh et le chauffeur de taxi apportèrent la malle d'Alan et la déposèrent dans l'entrée. Alan s'avança et paya l'homme.

Il se sentait un peu déçu de l'accueil qu'il avait reçu.

Il était évidemment absurde de penser qu'ils allaient faire des histoires au sujet de son poumon ; d'ailleurs cela lui aurait déplu. — Mais c'était pour le moins étrange qu'aucun d'eux n'eût même songé à lui demander comment il se sentait après le voyage. Après tout, bien qu'il ne fût vraisemblablement pas aux portes de la mort, une maladie des poumons est pour le moins un sujet d'enquête polie.

— Eh bien ! je pense qu'il vaudrait mieux que je monte tout cela.

Alan ramassa sa valise qui était très lourde. Hugh s'avança nonchalamment :

— Laisse, c'est mon travail. Je t'ai dit que c'est pour cette raison que j'ai obtenu mon *exeat*.

— Ne fais pas l'idiot. Je peux porter ma propre valise.

— Non, tu ne peux pas. Tu te rompras les vaisseaux sanguins, tu inonderas l'escalier, et Edith rendra son tablier. Donne-la-moi.

Hugh tira violemment la valise à lui. Mais maintenant Alan mettait un point d'honneur à la monter lui-même. Il rougit encore.

— Je t'ai dit de ne pas faire l'idiot, mon cher ; je peux très bien m'en tirer seul. Je ne suis pas encore au bout de mon rouleau, comme tu sembles le croire.

— Très bien, dit Hugh. Mais doucement, je la monterai tout de même ; lâche-la...

— Non, je ne lâcherai pas ! Je...

— Alan chéri, laisse Hugh la prendre.

La voix calme de Mrs Littlewood régla l'affaire. Alan lâcha la poignée en boudant, et suivit sa mère et sa sœur au salon. Sur le seuil il s'arrêta. Hugh se ruait dans l'escalier. Dans son étreinte solide, la valise aurait bien pu peser un kilo au lieu de vingt.

L'image resta gravée comme une photographie dans

l'esprit d'Alan : Hugh dans un complet bleu, brillant aux coudes et aux genoux, avec ses grands pieds chaussés de gros souliers, ses grandes mains si puissantes, toujours prêtes à accomplir n'importe quelle mâle besogne... Alan avait des pieds exceptionnellement petits ; ses mains étaient longues et fines et ses doigts effilés. Il avait un visage mince à l'ovale délicat. Au collège on l'avait surnommé « Fillette » ; il en était encore terriblement mortifié.

Le thé était préparé au salon, et Edith, la bonne à tout faire, parut dans le couloir, apportant la théière. Elle était chez les Littlewood depuis douze ans, et sembla radieuse de revoir Alan.

— Bonjour, Monsieur Alan.

— Hullo, Edith.

Alan se retourna et entra dans le salon :

— En pleine forme ?

— Oui, merci, Monsieur Alan. Et vous, Monsieur, allez-vous tout à fait bien ? Oh !...

Edith rougit et se précipita en avant avec la théière.

— Naturellement, je vais tout à fait bien, dit Alan avec colère.

Il avait pris la résolution dans le train, qu'en aucun cas il ne tirerait parti de sa maladie et qu'il n'y ferait allusion que par hasard.

Que sa famille ait jugé bon d'ignorer le fait ou non, *lui* n'allait pas jouer au malade intéressant.

Alan connaissait le léger penchant qu'il avait à créer du drame, mais il n'aimait pas cette tendance et la combattait toujours. Pourtant cette fois il pensa qu'il avait quelque droit à se sentir un peu peiné de ce que personne ne lui eût encore demandé comment il se sentait après le voyage.

Il s'effondra dans un fauteuil.

— Eh bien ! le trimestre s'est bien passé ? demanda Célia.

— A peu près comme d'habitude.

— Comment vont les concerts ?

Avant que Célia pût répondre, Alan ajouta vivement :

— Oh ! des muffins [1], un bon point pour toi, maman !

— Ce ne sont pas des muffins, interrompit Célia, mais des crumpets [2]. On ne peut pas acheter de muffins l'été.

Célia se plaisait à corriger les gens pour des vétilles, tout comme elle se plaisait à noyer dans un flot de détails inintéressants les renseignements qu'on lui demandait.

Comme d'habitude, Alan se trouva irrité par l'air de supériorité, d'ailleurs inconscient, qu'affectait sa sœur dans ces occasions.

— Tu n'y es pas, rétorqua-t-il froidement, je remerciais simplement maman parce qu'elle s'était souvenu de donner à goûter quelque chose que j'aime particulièrement.

— Zut ! dit Célia, conciliante.

— M'as-tu jamais vu oublier tes gourmandises favorites, Alan ? dit Mrs Littlewood en souriant, et je n'ai pas l'intention de commencer ; bien que tu aies vingt et un ans, je me suis permis de commander une tarte à la mélasse pour ce soir.

— Je comptais bien dessus, lui répondit Alan avec chaleur.

C'était son pudding préféré quand il était un petit garçon. Maintenant il n'aimait plus les puddings, les

1. Sorte de galette qu'on sert pour le thé en Angleterre.
2. Gâteaux plats et mous.

trouvant beaucoup trop sucrés pour un palais qui s'enorgueillissait d'être le seul au collège capable de discerner le bordeaux du bourgogne, sans consulter l'étiquette collée sur la bouteille ! Mais il ne pouvait jamais se résoudre à désappointer sa mère en lui faisant part du changement survenu dans ses goûts.

— Te rends-tu compte que j'ai renoncé à un concert en ton honneur, Alan ? dit Célia.

— Difficilement, étant donné que c'est la première fois que j'en entends parler.

Alan souhaita, comme il l'avait souvent souhaité auparavant, que Célia ne s'imposât pas de sacrifices parfaitement inutiles pour les faire valoir cent fois par la suite.

— Eh bien ! je l'ai fait. Kreister joue à l'Albert-Hall ce soir. Un programme infect comme d'habitude, mais j'aurais tout de même bien aimé l'entendre.

— Tu as encore tout le temps d'aller à Londres maintenant si tu y tiens vraiment, dit Alan.

— Mon cher, rétorqua Célia sur un ton froissé, tu n'as pas l'air de comprendre que je suis déjà éreintée. Je mourrais s'il fallait que je refasse ce sale voyage.

Alan rougit de nouveau. Célia avait vingt ans, c'est-à-dire un an de moins que lui, et elle gagnait déjà sa vie. Il y avait eu quelque espoir, quand elle était petite, qu'elle pût se tailler une place parmi les grands musiciens. Les espérances fondées alors ne s'étaient pas entièrement réalisées : au piano, son jeu était à peine du niveau du concert ; quant à sa composition, bien que correcte, elle manquait d'inspiration. Célia, qui ne voulait rien faire qui ne fût parfait, se tourna vers l'enseignement, profession pour laquelle elle était vraiment douée. Elle était maintenant le plus jeune professeur d'harmonie au Collège Royal de Musique.

— A propos, Alan, Miss Lancastre vient dîner.

Alan comprit que sa mère s'était aperçue de sa légère pique avec Célia, et qu'elle essayait de détourner la conversation avec son tact habituel. Reconnaissant de l'échappatoire offerte, il s'y précipita :

— Ah ! oui, parfait. Comment va-t-elle, la vieille Lancastre ?

Après avoir assumé la direction d'une grande école de filles, Miss Lancastre était venue se retirer, il y avait deux ans, dans la maison jumelle, accolée à celle de sa plus ancienne et de sa plus chère amie, Mabel Littlewood.

Mrs Littlewood fit part à Alan du dernier compte rendu de l'état de Miss Lancastre. Alan n'écoutait que d'une oreille. Il attendait que Hugh redescende, et cela lui était désagréable... Il savait qu'il devrait, ne serait-ce que par pure convenance, questionner Hugh pour avoir des détails sur son dernier triomphe. L'histoire de la bourse de Hugh avait été un cauchemar pour lui ces trois dernières années, bien que les autres membres de la famille eussent ignoré ce fait. C'était un des principaux points sur lesquels Alan savait que s'exerçait sa sensibilité, — il en était obsédé, mais sa vie dût-elle en dépendre, il n'y pouvait rien. Les fonds laissés par leur grand-mère pour leur éducation n'eussent pas suffi à les envoyer tous deux, lui Alan et Hugh, à l'Université. Alan avait concouru pour obtenir une bourse, mais il avait échoué. Il était allé à Oxford tout comme un autre garçon fortuné. Quant à Hugh, s'il avait échoué, il aurait dû renoncer à l'Université pour de bon. Alan avait senti peser sur lui cette menace pendant trois ans... Si Hugh avait échoué, Alan aurait en quelque sorte privé son jeune frère de sa part du patrimoine commun. Mais Hugh n'avait naturellement pas échoué. Il semblait même maintenant qu'il n'y avait eu aucun danger qu'il pût jamais échouer. L'inquiétude d'Alan avant l'annonce du résultat avait été aiguë, mais les autres n'avaient pas été inquiets. Tous, y compris Hugh lui-même, avaient considéré l'issue comme une chose due. On entendit un pas lourd dans l'escalier, et Hugh entra. Il prit sa tasse sur le plateau et se dirigea vers une chaise.

Alan s'arma de courage pour lui poser les questions appropriées. Puis, volontairement, il se tourna au contraire vers sa mère.

— A propos, maman, je ne veux pas revenir sur un sujet pénible, mais quels arrangements as-tu fait pour moi pour les vacances ?

III

Les arrangements n'étaient fixés que de la veille. On avait trouvé un docteur aux portes de la ville de Seaport, sur la côte Est, qui était disposé à prendre Alan chez lui pendant neuf semaines pour un prix vraiment très raisonnable.

— C'est certainement grâce au nom de ton père, ajouta Mrs Littlewood avec une certaine suffisance.

— Qui l'a découvert, le vieux Bridgewater ? demanda Alan en prenant un autre crumpet.

Le docteur Bridgewater était le médecin de la famille.

— Non ; c'est assez bizarre : imagine-toi que c'est Kathleen qui l'a trouvé.

— Kathleen ?

Alan regarda sa mère avec ahurissement.

— Oui. Elle a des amis près de Seaport ; une jeune

fille avec qui elle était en classe, et elle lui a écrit. Sa famille sonda habilement le docteur Pawle et le trouva prêt à envisager la chose avec bienveillance. Nous avons pensé que c'était plus agréable d'être présenté de cette façon, et Mrs Fiske (la mère de l'amie de Kathleen), qui vient de m'écrire, me parle du docteur en termes élogieux.

« Je crois que tu seras très bien là, chéri, et je crois même que tu pourras voir Kathleen un peu. Je l'ai rencontrée en ville, hier, et elle m'a fait part de nombreux projets concernant un séjour d'une semaine ou deux chez les Fiske le mois prochain.

— Parfait ! (Le visage d'Alan s'éclaircit.) Cela me paraît un excellent programme.

Kathleen Oakleigh était le flirt d'Alan. Il lui était fidèle depuis plus d'un an, — fait que Célia et Hugh, qui, ni l'un ni l'autre, ne pensaient grand'chose de bon de Kathleen, admiraient et déploraient à la fois.

Alan, qui savait exactement ce que Hugh et Célia pensaient et qui en était violemment irrité, n'avait jamais pu réussir à discerner les sentiments de sa mère vis-à-vis de Kathleen. Mrs Littlewood, qui encourageait Alan à voir Kathleen autant qu'il le pouvait, pendant ses vacances, n'avait, dans le fond de son cœur, aucune envie qu'il le fît.

— Je passerai la voir avant le dîner, dit-il en essuyant ses doigts pleins de beurre après son mouchoir.

— C'est cela ! appuya Mrs Littlewood avec chaleur, elle t'attend sûrement.

IV

Après le thé, Alan erra dans le petit jardin.

Il regarda avec dégoût les quelques fleurs disséminées et la pelouse grande comme un mouchoir de poche, se souvenant des terres bien entretenues, des arbres fruitiers, des allées bien soignées, de la grande pelouse et du cèdre qui leur avaient appartenus du vivant de son père. C'était assommant d'être pauvre. Un jour il changerait tout ça...

Il alluma une cigarette et jeta un coup d'œil à travers la porte-fenêtre qui donnait sur la minuscule salle à manger située derrière la maison. La table était recouverte de papiers ; sa mère était assise et prenait fébrilement des notes en consultant un grand livre rouge. Alan pensa qu'elle avait déjà oublié sa présence ; il éprouvait une légère irritation à contempler la tête grise penchée sur son travail. Et quelle était l'utilité de ce qu'elle faisait ? Mrs Littlewood sortait elle-même d'Oxford. Elle avait passé un diplôme d'histoire avec mention « bien », et elle sautait sur chaque occasion d'impressionner Alan, qui, lui aussi, étudiait l'histoire, en lui disant qu'elle espérait que le fils ferait mieux que la mère.

Depuis la mort de son mari, Mrs Littlewood s'était ingéniée à ajouter quelques sommes infinitésimales à son modeste revenu, au prix d'un énorme travail, en faisant des conférences sur l'histoire, ou quelquefois sur la littérature, aux habitants d'Elmsford qu'elle pouvait persuader de payer un maigre salaire pour l'écouter.

La plupart de ces gens n'avaient pas beaucoup de

goût pour l'histoire, ni pour les aperçus que Mrs Littlewood en donnait, et encore moins pour la littérature ; de sorte que le public, à chacune de ces conférences, se composait surtout des amis intimes des Littlewood ; ce fait était pour Alan une source de honte et d'embarras, car il y voyait une charité mal déguisée de la part des amis. Même Miss Lancastre payait régulièrement ses dix shillings pour entendre Mrs Littlewood exposer un sujet qu'elle connaissait aussi bien elle-même.

Alan avait une fois exposé ses griefs à sa mère, mais Mrs Littlewood était parfaitement sincère. Elle ne se souciait pas si c'était de la charité ou non de la part de ses amis ; elle leur donnait la valeur de leur argent et même plus, et prenait plaisir à leur faire entrer de force des connaissances intéressantes dans la tête.

L'histoire était son dada et sa passion. Elle aurait été désolée de ne pouvoir faire part aux autres du résultat de ses recherches. Mrs Littlewood voulait être institutrice avant que Mr Littlewood ne lui eût déclaré sa flamme le dernier jour des épreuves d'histoire ; et elle avait conservé l'âme d'un pion.

Alan la regarda avec mauvaise humeur ; elle ne s'était même pas aperçue de sa présence.

Une voix, surgie de derrière la haie qui clôturait le jardin, l'interrompit dans ses méditations. C'était Mr Marsden, leur autre voisin.

— Bonjour, Mr Littlewood, alors vous êtes de retour ?

— Oui, dit Alan avec mauvaise humeur.

Il détestait par-dessus tout cette habitude de bavarder au travers d'une haie. On ne pouvait donc plus être tranquille chez soi. Mr Marsden était un épicier retiré des affaires, et pour l'instant Alan n'avait aucune envie de faire la conversation avec des épiciers retirés.

Tout à fait inconsciente du mécontentement qu'elle provoquait, la tête chauve de Mr Marsden brilla, toute rose, au soleil ; la figure du vieil homme rayonna à la vue de son jeune voisin.

— Et comment va Oxford ? demanda-t-il avec intérêt.

— Toujours pareil, Mr Marsden.

— J'ai suivi le résultat des courses d'avirons dans les journaux. Votre équipe n'a pas eu de chance.

— Oh ! ce n'est pas de la déveine, dit Alan d'une voix menaçante ; ils ont mal ramé, voilà tout.

Mr Marsden fit claquer sa langue avec sympathie.

— Eh bien ! c'est possible. — Mais vous-même avez eu de la malchance, Mr Littlewood, j'ai appris. Mrs Marsden et moi en avons été très bouleversés, je peux vous l'assurer.

— Il n'y a pas de quoi s'inquiéter ; ce n'est pas grave du tout, marmotta Alan.

Il aurait aimé discuter de la chose ; mais naturellement c'était impossible, avec Mr Marsden surtout. Alors que sa propre famille...

— C'est du cran de votre part de le dire, mais...

— Excusez-moi, interrompit Alan, on m'appelle.

Il traversa rapidement la pelouse comme s'il répondait à une invitation urgente émanant de la porte de derrière, laissant la face rubiconde de Mr Marsden se balancer au-dessus de la haie comme une grosse tomate. S'il était resté, il aurait été tenté d'encourager le bonhomme. A l'ombre du hangar, il était enfin caché ; s'appuyant au mur de la maison, il fuma une cigarette. La vie, dans l'ensemble, était rudement sinistre, pensa-t-il. Pourquoi devaient-ils continuer à vivre dans une ville aussi vulgaire qu'Elmsford ?

Elmsford avait été supportable du temps où ils avaient une grande maison et un jardin ; mais cette vie, dans l'ombre de la maison jumelle, dans cette rue qui était pour un bourgeois l'équivalent d'une ruelle sordide, ces épiciers en retraite qui vous guettent au travers d'une haie et vous obligent à supporter leur inepte conversation au moment où vous en avez le moins envie... (Non que le vieux Marsden fût si désagréable, après tout, il faut garder un esprit équitable.)

Mrs Littlewood était née et avait été élevée à Elmsford ; quand elle était jeune fille, c'était un petit bourg somnolent. Maintenant c'était devenu une grande ville industrielle, bruyante, dont la population avait triplé en vingt ans ; ses faubourgs étaient une ceinture d'usines ; le soir, la Grande Rue était un fleuve bouillonnant de voyous et de filles qui ricanaient sous la lumière trop crue des enseignes des cinémas et des boutiques voyantes et à bon marché. Elmsford symbolisait la vulgarité essentielle de la vie citadine anglaise. « Il faudra que je sorte d'ici, décida Alan désespérément. Je ne peux pas continuer à y vivre. J'ai vingt et un ans après tout ! »

Il écrasa le bout de sa cigarette et en alluma une autre.

— Salut, frère !

Célia sortait par la porte de derrière. Alan la rejoignit et ils se mirent à marcher de long en large sur la petite pelouse.

— Dis donc, commença Célia en jetant un coup d'œil prudent vers la fenêtre de la salle à manger, quelle sale affaire, hein !

— Qu'est-ce qui est une sale affaire ?

— Eh bien... ton poumon.

Alan se sentit subitement de l'affection pour sa sœur.

— Oh ! il n'y a pas de quoi faire des histoires, tu sais.

— Je l'espère. Je crois que cela ferait un rude coup à mère si tu venais à casser ta pipe.

Alan tressaillit :

— Oh ! je pense qu'elle s'en remettrait.

— J'en doute, surtout qu'il s'agit de toi.

— Pourquoi, surtout de moi ?

— Parce que tu es son préféré.

— Quoi ? Quelle blague ! Je ne suis pas son préféré.

— Bien sûr que si. Tu ne le savais pas ?

— Non, naturellement. Comment le sais-tu, toi ?

— Elle me l'a souvent dit. Tu vois, elle sent que Hugh et moi nous pouvons voler de nos propres ailes, surtout depuis que Hugh a attrapé cette bourse. Mais toi...

— Moi, je ne peux pas, suggéra froidement Alan.

— Eh bien ! tu comprends, nous avons nos carrières ouvertes devant nous, toutes tracées. Tandis que toi, tu ne peux pas t'attendre à ce que ta poésie te mène bien loin, n'est-ce pas ?

— Oh ! naturellement, je sais que je suis l'idiot de la famille, dit Alan amèrement.

Il n'avait pas encore parlé du poème qui était dans sa valise, là-haut. Le moment favorable n'était pas venu.

— Oh ! tu n'es pas un idiot, Alan, mais...

— Tu veux dire, je suppose, que je suis le préféré de mère parce qu'elle me considère comme le raté intellectuel de la famille ! s'informa Alan encore plus froidement.

— Oui, fit Célia avec soulagement, c'est tout à fait ça.

Célia n'avait pas beaucoup de tact.

V

Quand il avait passé une heure en compagnie de sa famille, c'était un grand soulagement pour Alan d'aller voir Kathleen. Mr Oakleigh dirigeait une banque de la ville ; c'était un homme chauve, bedonnant, ayant une haute opinion de lui-même. Mais il était le père de Kathleen et Alan lui pardonnait tout. Néanmoins il aimait beaucoup Mrs Oakleigh, qui était une excellente personne habituée à considérer avec autant de bon sens que Mrs Littlewood ses fiançailles avec Kathleen, et qui ne grommelait pas continuellement quelque chose au sujet de leur « jeune âge », comme faisait Mr Oakleigh. Une fois Alan avait entendu avec plaisir sa mère dire « qu'elle, au moins, venait d'une famille tout à fait respectable ; elle était une Burford ». A la vérité, Alan, alors, ne connaissait pas les Burford, mais ayant discrètement questionné Kathleen, il avait appris que les Burford étaient absolument ce qu'ils devaient être.

Kathleen était enfant unique ; ils habitaient tous les trois un appartement dans un nouveau pâté de maisons de la Grande Rue, bâti en faux style Tudor ; l'endroit était commode à cause de la proximité des bureaux de Mr Oakleigh.

Mrs Oakleigh ouvrit elle-même la porte à Alan, l'accueillit avec chaleur, et même l'embrassa avant d'appeler Kathleen.

Alan, qui n'avait jamais été l'objet d'aucune attention, physique ou verbale, de la part de Mrs Oakleigh, comprit immédiatement ce qui l'avait provoquée. Il pensa d'autant plus fermement que Mrs Oakleigh était une rudement brave femme. Puis Kathleen sortit en courant du salon et se précipita vers lui pour l'embrasser, sous l'œil attendri de sa mère.

— Il vaut mieux ne pas m'embrasser, chérie, dit Alan avec tristesse et résignation.

Mais il reconnut bien vite lui-même combien son ton était faux, et il ajouta avec plus de naturel :

— Tu sais, c'est juste pour être prudent. N'est-ce pas, Mrs Oakleigh ?

— Ça m'est égal, dit Kathleen avec fougue. Je t'embrasserai autant que cela me plaira, et encore et encore. Après tout, ce n'est pas ton bête de poumon que j'embrasse.

— Je ne crois pas qu'il y ait grand danger, Alan, dit Mrs Oakleigh en souriant.

Aussi Alan se laissa embrasser par Kathleen, tout en pensant qu'il aurait mieux valu qu'elle attende qu'ils soient seuls pour y mettre une telle ardeur. Puis il comprit que l'ardeur de Kathleen était sa façon de leur dire, à sa mère, comme à lui-même : « Vous voyez, ça m'est égal ; si nous devons mourir, nous mourrons ensemble. » Il sentit, comme en écho aux sentiments de Kathleen, une douce émotion l'envahir.

Quand il se retourna, Mrs Oakleigh s'était discrètement éclipsée. Kathleen le prit par la main et l'attira gentiment vers le salon. Papa n'était pas encore rentré, avait-elle dit, et maman, qui est si compréhensive, serait occupée ailleurs. Pour quelques minutes au moins ils étaient seuls.

— De toute façon, je ne peux pas rester beaucoup plus longtemps, chérie, lui dit Alan, comme il fermait la porte. Il faut que je rentre pour le dîner.

Kathleen fit la moue.

— Vraiment, Alan ? Quel ennui. Je pensais que tu aurais pu dîner ici avec nous.

— Non, chérie. Miss Lancastre vient dîner et mère veut que je sois là.

— Comme elle est ennuyeuse, cette vieille Lancastre ! Chéri, est-ce que tu aimes mieux Miss Lancastre que moi ?

Alan rit, la prit dans ses bras et l'embrassa sur les lèvres.

— Bien sûr, petite bête, beaucoup mieux ! Et maintenant refais la moue pour que je puisse encore l'effacer !

— Vilain chéri !

Au bout d'une minute ils étaient blottis dans un fauteuil.

Kathleen était petite ; elle n'était pas une de ces grandes bringues modernes qui terrifiaient Alan. Elle se percha sur ses genoux et le contempla avec adoration, tournant vers lui son petit visage d'elfe auréolé de boucles brunes et soyeuses. Tantôt elle approchait son visage de lui et frottait son nez contre celui d'Alan en poussant de petits grognements, tantôt elle faisait semblant de lui mordre l'oreille.

Alan la trouvait infiniment séduisante. Elle avait juste dix-neuf ans.

Ils parlèrent de son poumon. Kathleen était vraiment très, *très* soucieuse à son sujet. Alan répéta cent fois que ce n'était rien. Kathleen lui dit catégoriquement qu'elle ne le croyait pas. Alan, secrètement ravi de son inquiétude, continua de la rassurer. Elle eut enfin l'air convaincu.

— Vraiment, cela ne peut pas être sérieux ? Tu le jures ?

— Naturellement, chérie, répondit Alan. Je suppose qu'on ne sait jamais avec les poumons. Tout ce que je peux te dire, c'est que la famille est sûre que ça n'est pas grave.

— Oh ! ta famille !

Les appréhensions de Kathleen l'assaillirent de nouveau. Pendant qu'ils parlaient, Alan s'aperçut qu'il suivait distraitement la conversation. Son esprit était en partie occupé par l'autre Kathleen, celle qui était assise si innocemment sur ses genoux. Il commença à remuer, se sentant de moins en moins à l'aise, préoccupé de l'attirance qu'exerçait sur lui ce jeune corps qui s'abandonnait et de la sensation de culpabilité qui l'envahissait en même temps.

Bien que le quatuor d'Oxford fût extrêmement cynique au sujet de la « chose », Alan était fort peu entré en contact avec les jeunes filles. A l'entendre parler avec Jerry, on aurait pu supposer à ce sujet qu'il avait sondé toutes les profondeurs de l'expérience, et qu'il avait finalement constaté que le jeu n'en valait pas la chandelle. Alan n'avait jamais douté de la véracité des expériences de Jerry, quelque vagues que fussent ses allusions à cet égard. Aussi, Alan, de façon à préserver sa suprématie, s'était trouvé contraint à s'embourber continuellement dans de nouveaux mensonges, jusqu'à ce qu'il fût considéré non seulement par Piggy et par Bill, mais par plus de la moitié du collège, comme l'étudiant le plus versé en cette intéressante matière.

Il se débrouillait comme il pouvait pour répondre aux questions qui lui étaient posées ; quand il était pris de court, il consultait Piggy, un peu comme un professeur consulte avec bienveillance l'un de ses meilleurs élèves au sujet d'un point épineux de la syntaxe latine.

En vérité, l'expérience personnelle d'Alan n'allait pas plus loin que quelques baisers maladroitement volés, dans une matinée dansante, à des fillettes ricanant stupidement, ou quelques essais aussi hésitants que malencontreux avec une vendeuse de grand magasin, en France, qui parlait d'une voix monotone dans une langue qu'il ne comprenait pas. Avec les jeunes filles et avec toutes les femmes en général, Alan était désespérément timide. Il était sûr qu'elles méprisaient sa frêle apparence physique. Détestant les rebuffades, il essayait d'en supprimer la cause et cela voulait dire éviter les jeunes filles. Comme il était toujours sur ses gardes, il finit par se persuader qu'il méprisait les femmes et qu'il préférait décidément n'avoir rien de commun avec elles. Kathleen était sa première aventure.

Elle avait commencé par être pour lui un objet de risée. Lui et Hugh avaient ri ouvertement et insolemment de son sourire maniéré, de ses allures de chatte et de l'étonnement ingénu de ses grands yeux bruns.

Kathleen avait alors dix-sept ans. Elle l'avait vu rire... et alors... Eh bien! Alan ne sut jamais exactement comment cela se fit. D'abord il l'avait plainte. Elle lui expliqua pourquoi elle se trémoussait tout le temps : c'était à cause de son extrême timidité et de son souci continuel de paraître à l'aise. Ces raisons éveillèrent un écho sympathique chez Alan. Ils avaient comparé leur timidité respective. Alan s'intéressa à la question; il ne lui était jamais apparu que les femmes pussent être timides. Ils discutaient du phénomène chaque fois qu'ils se rencontraient.

Alan avait su profiter de la situation en disant hardiment à Kathleen, un jour qu'ils se promenaient le long du canal :

— C'est drôle, je suis encore timide, vous savez, même avec vous, Kathleen. Ainsi, j'ai diablement envie de vous embrasser, mais je suis trop timide pour essayer; j'ai peur que vous m'envoyiez promener.

Et Kathleen avait répondu :

— Je crois que je ne suis plus timide avec vous, Alan ; j'ai toujours été trop timide pour me laisser embrasser, mais *je veux* être embrassée par vous maintenant.

Ils s'étaient embrassés solennellement, pleinement conscients de l'importance de cette minute dans leur vie. Puis Alan avait dit :

— Je vous aime beaucoup Kathleen, est-ce que vous m'aimez ?

— Je vous aime mieux que tout au monde, avait répondu Kathleen.

Et ils étaient rentrés en faisant des projets d'avenir. C'était la première fois qu'ils étaient amoureux, et ils étaient au comble de l'agitation.

Kathleen se trémoussait plus que jamais ; mais il l'adorait maintenant quand elle faisait la chatte.

En vérité, Alan avait été à la fois étonné et ébloui par les talents d'amoureuse qui avaient paru fleurir tout d'un coup en la personne de Kathleen. Il était enchanté de son innocent manque de prudence, du contact de sa jeune féminité ; sa taille étonnamment souple, ses joues lisses, ses lèvres douces que non seulement elle lui avait permis d'effleurer, mais qu'elle lui avait elle-même spontanément offertes...

Un jour il comprit que lui aussi attirait inconsciemment la jeune fille. Au début de leur amitié, Alan se demandait si Kathleen aimait à sentir sa joue rugueuse, et pas toujours rasée de frais, contre son doux visage qu'il aimait tant. Ils n'avaient pas été plus loin, et Alan n'arrivait pas à discerner si Kathleen était totalement ignorante ou non. Elle faisait allusion de temps en temps à « ce genre de choses » qui vient après le mariage. Mais Alan n'arrivait pas à comprendre quelles étaient ses connaissances concernant « ce genre de choses », ni quelles étaient ses idées à ce sujet. En tout cas, au point où en étaient leurs relations, toutes ces idées n'entraient pas beaucoup dans l'esprit de Kathleen. Quant aux sentiments d'Alan, ils étaient complexes.

D'abord, cela l'ennuyait d'y penser si souvent. Il aimait tant à se vanter de ses prouesses amoureuses auprès de ses camarades de l'Université, et maintenant il se demandait ce qu'il allait bien pouvoir faire. Souvent, lorsqu'il était près de Kathleen, des impulsions naturelles lui causaient une grande détresse. Il sentait obscurément qu'il n'était pas d'une essence aussi pure qu'il aurait dû être. Car, après tout, n'était-il pas poète ? Cependant, trop souvent, lorsque Kathleen s'asseyait sur ses genoux et se frottait contre lui comme un jeune chat affectueux, des pensées pas toujours très pures s'insinuaient, bien contre son gré, dans son esprit. Et une fois qu'elles y étaient installées, elles refusaient de s'en aller.

« Sans doute, se disait Alan, les hommes doivent bien quelquefois aimer les femmes de cette façon-là. »

Mais il aurait préféré aimer à la façon d'Abélard, purement, spirituellement, sur un plan tout à fait au-dessus des exigences corporelles. Cependant, lorsque Kathleen avait été assise sur ses genoux pendant quelques minutes, il ne pouvait s'empêcher de penser combien il aimerait à la voir entièrement déshabillée. Abélard pensait-il à Héloïse ainsi ? Certainement pas.

Parfois, dégoûté de lui-même, il la repoussait sous un prétexte quelconque. Mais le plus souvent il laissait vagabonder son imagination vers des horizons plus tentateurs, et alors il laissait sa main errer comme par hasard sur les petits seins de Kathleen, ou se poser négligemment sur la jeune cuisse si ferme.

Alan se méprisait profondément de tirer ainsi profit de l'innocence de la jeune fille. Mais il ne rougissait même pas à l'idée que Kathleen pût deviner ses vilaines pensées. C'était sa présence effective plutôt que l'idée abstraite de son innocence qui le rendait honteux.

A tout prendre, ce n'était pas exactement de la honte qu'Alan éprouvait lorsqu'il était seul. C'était plutôt de l'angoisse et une certaine désillusion. Pourquoi lui, le poète, ne serait-il pas au-dessus de ces sensations animales ? Il était sûr que même son ami Jerry ne pouvait tomber dans un tel état de dépravation imaginative. Qu'allait-il devenir ? Il restait éveillé la nuit, pendant des heures, à réciter des vers de Milton afin de changer le cours de ses pensées. Et toujours, cependant, il cédait à la même obsession. Souvent même il pleurait de crainte et de chagrin, convaincu qu'il n'y avait aucun espoir pour lui, et qu'il était décidément mûr pour l'asile d'aliénés.

En vérité, Alan sortait tout simplement d'une adolescence normale pour entrer dans l'état d'homme. Mais personne n'était là pour lui expliquer cette transition si naturelle.

VI

Alan rentra chez lui très réconforté. Il était heureux des moments passés auprès de Kathleen, — heureux et flatté aussi de l'inquiétude qu'elle avait manifestée au sujet de son poumon. La sollicitude de Kathleen lui avait été agréable, après l'apparente indifférence de sa famille. Alan savait très bien que sa famille n'était pas, en réalité, si indifférente à son mal, — mais que diable elle était tout de même par trop britannique !

Quand un garçon est menacé de perdre un poumon, — il s'attend pour le moins à ce que son entourage s'y intéresse. Eh bien ! cet intérêt qui était pour lui d'une si grande consolation, Kathleen le lui avait témoigné pleinement. Et puis Kathleen avait été plongée dans le ravissement à la lecture de son poème. Alan avait bien vu combien elle avait été impressionnée, en voyant l'un de ses écrits imprimé dans un journal tel que le *New Observer*.

Lorsque le poème, qui était un sonnet, fut dûment admiré, ils abordèrent le sujet de Seaport. Kathleen avait déjà habité chez les Fiske. Elle était certaine qu'Alan passerait d'heureuses vacances là-bas, et était enchantée de sa perspicacité qui lui avait permis de sauver la situation. Car déjà les Fiske lui avaient écrit en l'invitant à venir passer quinze jours chez eux, au mois d'août. Donc tout était pour le mieux, et les choses s'arrangeaient très bien. Kathleen se tortillait d'aise, heureuse d'avoir su si bien manœuvrer.

— Mais oui, — lui dit Alan, qui n'avait pas oublié son admiration pour le sonnet, — tu es une petite chatte très intelligente.

A sa sœur Célia, Alan parlait de lui-même comme s'il était l'idiot de la famille. Ceci n'était pas vrai et Alan le savait. Il était loin d'être l'idiot, et aucun des siens ne le considérait comme tel.

Cependant Alan aurait mieux aimé que d'autres n'acceptassent pas cet état de choses comme un fait accompli. Etant l'aîné de la famille, cela le vexait ; car Alan, étant conventionnel, estimait que le droit d'aînesse devait lui conférer mille qualités physiques et morales qui l'auraient rendu en tous points supérieur à ses cadets. Mais, hélas ! il n'en était rien. Ses frère et sœur lui étaient nettement supérieurs, — et Alan trouvait cela profondément injuste !

Le résultat de tout ceci était (dans l'opinion d'Alan) que la famille ne l'appréciait pas à sa juste valeur. Après tout, il était beaucoup plus intelligent, plus sensible, en un mot plus remarquable que n'importe qui à Elmsford, — exception faite, bien entendu, de Célia et de Hugh. En littérature, par exemple, il était très fort. Néanmoins Célia, Hugh et même Mrs Littlewood avaient toujours un petit air protecteur en parlant de lui, ce qui avait le don de l'exaspérer. Cette exaspération l'amenait même à se vanter chez lui, — chose qu'il ne faisait jamais à Oxford, — où les amis trouvaient même qu'il n'avait pas une assez bonne opinion de lui-même. En vérité, la personnalité d'Alan chez lui était tout autre chose que celle qu'il montrait au-dehors. Ses amis d'Oxford avaient raison : il n'avait pas assez confiance en lui-même. Il craignait toujours d'être inférieur à son entourage. « — Je ne ferai rien de bon, disait-il sans cesse, — je ne vaux rien. »

Mais, chez lui, il s'était fait un masque de supériorité, qui lui rendait la vie supportable. Kathleen le calmait. Elle croyait en lui. Kathleen l'aidait à reprendre confiance en lui disant, à maintes reprises, qu'il valait autant que n'importe qui, et certainement beaucoup plus que bien d'autres jeunes gens de son âge. Et Alan savait bien que Kathleen serait la femme idéale pour un malheureux garçon atteint, comme il l'était, d'un complexe d'infériorité.

VII

Alan choisit le mauvais moment pour présenter son poème à la famille : pendant le dîner, Miss Lancastre lui demanda en souriant s'il avait écrit quelque chose ces temps-ci. Alan, trouvant son ton ironique, tira le *New Observer* de sa poche. L'effet tomba à plat. Mrs Littlewood était justement en train de servir le foie de veau au lard. On se passait les plats de légumes autour de la table. Hugh criait à tue-tête : « Qui veut du pain ? »

Quand, enfin, Hugh se rendit compte qu'il était le frère d'un poète dont l'œuvre était vraiment publiée, il poussa un cri :

— Vous entendez, mère, Alan, a enfin pu trouver un éditeur !

— Oui, dit Mrs Littlewood distraitement, ton poème est publié dans le *New Observer*. Il faudra que je le lise un de ces jours. — Célia, as-tu du lard avec ton foie de veau ? J'ai dû oublier de te servir. Hugh, passe-moi l'assiette de Célia.

Miss Lancastre ayant ajusté ses lunettes sur son nez, qui était long et maigre, se mit à lire le poème. Mrs Littlewood lui dit :

— Ne laissez pas refroidir votre foie de veau, Jane.

— Cela pourrait vous enrhumer ! hurla Hugh.

— Ha ! Ha ! fit Célia en riant. Après vous, la grande œuvre, Miss Lancastre !

Miss Lancastre lui passa le poème.

— C'est très bien, Alan, dit-elle. Mais est-ce que l'imprimeur a fait une erreur, ou est-ce exprès que vous n'avez pas mis de ponctuation dans votre poème ?

— Il n'y a pas de ponctuation dans ce que j'ai écrit, dit Alan les yeux fixés sur son assiette. Tout l'art est là.

— Je comprends, dit froidement Miss Lancastre.

— Jane, reprenez un peu de sauce, dit Mrs Littlewood, mais vous n'en avez pas du tout.

— Mais voyons, dit Hugh, vous pensez qu'Alan est assez démodé pour se servir de ponctuation ? C'est bon pour des vieux poètes presque oubliés, comme Shelley et Keats. Nous, les modernes, nous sommes au-dessus de ces contingences !

Le journal, qui avait passé de main en main, arriva enfin jusqu'à Mrs Littlewood.

— Je le lirai plus tard, Alan, dit-elle, lorsqu'il y aura moins de choses autour de moi pour me distraire.

— Qui est ton inspiratrice, Alan ? demanda Hugh. Elle paraît un peu étrange. Cela ne peut pas être Kathleen, car je ne pense pas que ses cheveux soient comme « le cri torturé de dix mille crayons ! » ou était-ce dix millions ? Quelle chevelure tout de même !

— Cela suffit maintenant, Hugh, dit Mrs Littlewood en souriant.

— Mais, mère... insista-t-il.

— Voulez-vous que nous parlions d'autre chose ? dit Alan pâle de rage.

VIII

Après le dîner, ils jouèrent aux « petits papiers », ce qui amusait Alan, malgré ses airs supérieurs. Célia s'occupait à chercher des crayons. Alan se mit au piano et joua avec application une mélodie de Delius qu'il s'était donné beaucoup de peine à apprendre pendant la dernière année universitaire. Il jouait en boudant, un peu vexé de ne pas entendre louer ses prouesses au piano. Une discussion musicale s'ensuivit, où la supériorité de sa famille, et surtout de Célia, musicienne accomplie, acheva d'exaspérer Alan :

— Jouons-nous, oui ou non ? dit-il.

IX

La bonne humeur d'Alan revint bien vite grâce aux « petits papiers ». Puis ils jouèrent aux « conséquences », puis au « jeu des romans ». Dès qu'il y avait un mot d'esprit, il était attribué à Alan. La gaieté revenait parmi eux. Au « jeu des poètes » Alan fut proclamé incontestablement le gagnant ! Il était ravi, heureux enfin d'être en famille. Après la séance des jeux, Célia se leva, leur annonça qu'elle allait faire le thé. Tous les soirs, les Littlewood buvaient du thé avant d'aller se coucher. Hugh lui offrit son aide pour préparer les plateaux et Alan les suivit à l'office. Edith, la femme de chambre, était couchée. Ils avaient la cuisine pour eux. La conversation tomba sur le départ d'Alan, qui devait avoir lieu le lendemain. Célia espérait qu'il serait bien installé et heureux dans la famille qui devait l'accueillir. Hugh lui souhaita bonne chance avec les « demoiselles » de la localité et déplora son propre retour au lycée. Alan put même prendre son air protecteur envers Hugh, comme il sied à un universitaire vis-à-vis d'un simple écolier. Tous riaient beaucoup, et Célia dit même quelques nouveaux mots d'argot pour prouver sa bonne humeur.

— Dites donc, vous deux, dit Alan tout d'un coup, je me demande ce que mère a pu penser de mon horrible poème ?

— Je crois vraiment que c'est un peu au-dessus de sa compréhension, répliqua Hugh avec le plus grand sérieux.

— C'est cela, dit Alan légèrement soulagé. Je crains aussi que ce ne soit un peu élevé pour elle.

Il ne s'aperçut pas du coup d'œil moqueur que Célia et Hugh échangeaient. En effet, Alan était inquiet de l'opinion de sa mère, et bien qu'il ne l'avouât pas, il avait un grand respect pour son jugement. Il lui montrait tous ses écrits, et elle les critiquait sans merci. Alan était souvent en désaccord avec elle, et en secret il souffrait de ne jamais recevoir d'elle le moindre compliment. « Toujours des coups, disait-il en lui-même, et jamais de sous ! » Et il sentait bien qu'une louange spontanée de temps en temps aurait fait infiniment plus de bien à son inspiration que les critiques les plus intelligentes. Quant à son dernier poème, que Célia avait appelé « La Grande Œuvre », Miss Littlewood avait dit seulement, lorsque enfin elle l'avait lu :

— Je pense que c'est très bien, Alan, mais tu sais que personnellement je n'aime pas ces nouvelles méthodes.

Ce même soir, cependant, Alan devait connaître sa véritable opinion.

Arrivant à la porte du salon où Célia et Hugh devaient le suivre avec les plateaux à thé, Alan entendit Miss Lancastre qui demandait à sa mère :

— A propos, Mabel, que pensez-vous de l'effort d'Alan ?

Alan s'arrêta devant la porte. Il y eut une pause qui dura une seconde. Puis la voix de Mrs Littlewood reprit :

— Je ne peux pas dire ce que je pense à Alan. En tant que mère d'un fils obligé de gagner sa vie par sa plume, je suis enchantée qu'il ait touché une demi-guinée pour son poème. Mais, en tant qu'amateur de littérature, je suis épouvantée à l'idée qu'un éditeur consciencieux et intelligent ait pu imprimer le sonnet d'Alan, qui est un véritable monument de bêtise et de prétention. C'est une grande désillusion pour moi, Jane. A un moment, j'avais pensé qu'Alan, bien qu'étant loin d'avoir les possibilités des deux autres, aurait tout de même, un jour, fait quelque chose de sa plume, — même s'il ne devenait qu'un amateur de second plan. Mais je comprends maintenant qu'il ne fera jamais rien !

Alan tourna les talons et monta d'un trait dans sa chambre ; il ferma la porte à clef et se jeta sur son lit : « Dieu merci, je pars demain matin, dit-il en haletant, Dieu merci ! »

CHAPITRE II

I

Alan arriva à Seaport à 4 heures de l'après-midi. Le train était bondé, le quai de la gare noir de monde. Il y avait des files de bagages, et les voyageurs les plus débrouillards avaient déjà trouvé des porteurs pour les emmener à destination. Des quantités d'enfants, leurs petites mains crispées sur leurs pelles et leurs seaux, demandaient à aller immédiatement à la plage, sans même s'arrêter un instant dans les villas ou appartements loués à leur intention. Des jeunes gens sans chapeaux et en chemises au col entrouvert accompagnaient des jeunes femmes aux joues hâlées, aux nez légèrement pelés et aux cheveux emprisonnés dans des bandeaux aux couleurs vives. Toute cette jeunesse saluait d'un air supérieur leurs amis, arrivés par le train, encore conventionnellement accoutrés dans leurs tristes vêtements de citadins. Alan, qui n'avait pas trouvé de porteur et perdait tout espoir de découvrir un taxi, commençait à se décourager, lorsqu'il entendit son nom prononcé par une voix grave et agréable :

— Alan Littlewood ! Alan Littlewood !

— Ici ! s'écria Alan en regardant la foule.

Elle sembla s'ouvrir comme par enchantement pour livrer passage à un homme qui s'avança vers lui en souriant.

— Vous êtes Alan Littlewood ?

— Oui.

— Bien. Je suis le docteur Pawle.

Ils échangèrent une poignée de mains, et Alan se surprit à sourire aussi, tout en remarquant combien le sourire de son interlocuteur était étrange. C'était un sourire si inexplicable qu'Alan éprouva le besoin de regarder les yeux du docteur pour voir si son regard avait un rapport quelconque avec son sourire. Mais il n'en était rien. Son regard était terne et lointain, et Alan se souvint alors que, le docteur Pawle étant médecin, ce rictus devait être purement professionnel.

Le docteur Pawle était grand et mince, et sa toute petite tête au-dessus de son maigre cou était ronde comme une orange. « Oui, se dit Alan en rêvant un peu, cet homme ressemble à une orange, ou bien à une de ces poupées en caoutchouc qui tirent la langue lorsqu'on les pince. » Loin cependant de tirer la langue, le docteur s'affairait d'un air entendu autour des bagages d'Alan.

— Voici votre malle, et voilà votre valise. Si vous voulez, nous allons mettre ces deux pièces l'une sur l'autre, et nous les porterons nous-mêmes jusqu'à ma voiture. A moins, ajouta-t-il en souriant, que vous ne préfériez attendre une demi-heure pour avoir un porteur.

— Du tout, du tout, répondit Alan vivement, pourvu, bien entendu, que cela ne vous donne trop de mal.

— Absolument pas, j'adore me donner du mal. Attrapez la malle d'un côté, il n'y a jamais de porteurs dans cette gare. — Vous êtes sûr que ce n'est pas trop lourd ? Alors ça y est ! Hissons !

Alan hissa, mais la malle était lourde et la courroie sciait sa main comme un couteau non aiguisé. Il avait du mal à respirer et n'avait même plus la force d'admirer avec quelle dextérité le docteur Pawle se frayait un passage parmi les innombrables voyageurs arrivés à Seaport. Il n'avait qu'une idée en tête : « tenir aussi longtemps que tiendrait le docteur ». Il était le plus jeune et ne s'abaisserait pas à demander à son compagnon d'arrêter un instant, fût-ce pour reprendre haleine. Le docteur Pawle marchait d'un bon pas. Malgré ses quarante ans passés, il ne paraissait même pas s'apercevoir du poids de la malle. Sans se retourner une seule fois, il marchait toujours. Enfin ils sortirent de la gare et se trouvèrent sur une petite place où attendaient une vingtaine d'automobiles. Le docteur avisa la sienne.

— Nous voici, s'écria-t-il, installons nos bagages.

— Un instant, murmura Alan en haletant.

Et il lâcha la malle qui retomba avec un bruit sourd sur le pavé. Il était plié en deux et ne parvenait pas à rattraper sa respiration.

— C'est un bon petit poids, dit le docteur toujours avec la même suave amabilité. J'avais oublié, pendant un instant, votre état de santé. Vous n'êtes pas trop fatigué, j'espère ?

— Non, non, cela va mieux.

— Ne bougez pas, je vais ranger tout cela.

Sans un effort, le docteur ramassa la malle et l'installa sur le porte-bagages, puis il mit le sac dans la voiture.

— Montez, dit-il à Alan en ouvrant la portière. Vous sentez-vous mieux maintenant ?

— Tout à fait bien, répondit le jeune homme,

essayant toujours de rattraper sa respiration. Excusez-moi, je ne suis pas en très bonne forme en ce moment.

Il était vexé, humilié, — comme si cette humiliation devait s'étendre aussi à sa famille et à toute l'Université d'Oxford. Le docteur Pawle s'installa au volant, et, comme l'auto démarrait :

— Comme je regrette, dit-il avec son large sourire, de vous avoir ainsi fatigué. J'oublie toujours que tout le monde n'a pas ma force physique.

— En effet, acquiesça Alan avec un certain enthousiasme, vous êtes très fort.

— Oh ! juste la force normale pour ma taille, murmura le docteur, et son ronronnement satisfait se confondait avec celui du moteur.

II

— Vous êtes vraiment très aimable d'être venu me chercher, dit Alan, pendant que la grande Austen arrivait aux faubourgs de Seaport.

— Mais voyons ! s'écria le docteur. Nous désirons surtout que vous vous plaisiez dans notre maison et que vous vous y sentiez absolument comme chez vous. Et puis, voyons, je ne pouvais pas vous laisser vous débrouiller tout seul dans cette gare. C'est peu de chose pour moi, ajouta-t-il, d'abandonner pour une fois tout mon travail de l'après-midi.

Et le docteur Pawle sourit à nouveau. Ces mots avaient été dits d'une manière charmante, presque comme si cela faisait plaisir au docteur de perdre un après-midi. Cependant, une certaine ironie dans sa voix impliquait que le docteur n'avait pas été si enchanté que cela d'avoir eu à se déranger. Et Alan se demandait ce qu'il devait comprendre.

Etaient-ce les mots ou la manière de les dire ?

— Je... je regrette vivement de vous avoir fait faire cette longue route, dit-il en bégayant un peu dans son embarras. Vraiment, il n'y avait aucune nécessité...

— Eh bien ! mon cher, quel manque de tact ! dit le docteur en riant. Vous dites cela à un homme qui a fait six kilomètres pour aller vous chercher !

De nouveau Alan se demanda si ce rire était naturel ou ironique. Tout malheureux, il marmonna :

— J'aurais bien pu prendre un taxi.

— Ha ! ha ! vraiment ? J'en doute. Le temps de traîner votre malle hors de la gare, tous les taxis auraient disparu comme par enchantement, et vous n'en auriez pas trouvé un seul ! Je vois, mon jeune ami, que vous ne connaissez pas Seaport.

— Mais... murmura Alan en cherchant ses mots.

Il se demandait si le docteur avait voulu lui faire comprendre à quel point il l'avait dérangé, mais quelle impolitesse de sa part, même si c'était vrai !

— Mon cher ami, il était tout naturel que j'aille vous chercher, reprit le docteur de son ton le plus amical. N'en parlons plus ! Savez-vous que si je n'étais pas venu, vous vous mettiez en retard pour le thé. Et cela, c'est la dernière chose à faire !

Alan esquissa un pâle sourire.

— Non, poursuivit avec énergie le docteur Pawle. Non, Littlewood, vous pouvez empêcher un cheval de boire, mais vous n'empêcherez pas une femme de prendre son thé ! Et, croyez-moi, si vous étiez arrivé en retard pour cette importante cérémonie, neuf semaines de conduite angélique n'auraient pas suffi à effacer la mauvaise impression que vous auriez produite sur ma femme.

— Ha ! Ha ! répéta Alan en s'efforçant de rire.

De nouveau, il était mal à son aise, car, encore une fois, les mots et le ton du docteur Pawle paraissaient être en contradiction. Mais cette fois, si les paroles étaient inoffensives, le ton était nettement ironique. Il se demanda si le docteur avait simplement voulu faire une plaisanterie d'homme sur les femmes et leur inévitable « tasse de thé ». Ou bien cette ironie était-elle destinée à sa propre femme ? ce qui, à l'avis d'Alan, était du plus mauvais goût, surtout vis-à-vis d'un jeune homme qui n'avait jamais encore été présenté à Mrs Pawle. — « Ou bien, alors, se demanda Alan, est-ce que c'est une femme insupportable qui considère comme un sacrilège le fait que son thé soit servi avec cinq minutes de retard ? »

Alan, toujours indécis quant à son opinion sur sa future hôtesse, et n'ayant aucun désir de poursuivre la conversation, affecta de s'absorber dans la contemplation du paysage. La route où ils arrivaient tournait, à quelque cent mètres, autour de hautes falaises. A leur gauche, s'étendait la mer, à leur droite, des champs de blé mûrissants brillaient sous le soleil de juillet. Au-delà des champs, des collines verdoyantes ondulaient doucement, boisées par intervalles. Il n'y avait rien d'extraordinaire dans ce paysage, mais c'était la typique campagne anglaise.

Cependant Alan ne subissait pas son charme. Il était absorbé par ses pensées. Si, vraiment, le docteur Pawle avait voulu lui laisser entendre à quel point cela l'avait dérangé d'aller le chercher, Alan se dit que rien au monde ne pourrait effacer son humiliation. Il aurait bien mieux aimé faire à pied les six kilomètres qui séparent Seaport de Sambourne, même en traînant sa valise derrière lui ! « Mais, essaya-t-il de se rassurer, le docteur n'a sûrement pas voulu dire une chose pareille. Il avait paru si charmant et amical à la gare, avec ce merveilleux sourire ! »

Cependant il y avait quelque chose en lui qui déplaisait à Alan ; était-ce ses façons un peu trop aimables ? Et pourtant Alan était forcé de convenir qu'il avait de belles manières ! Cette façon de l'appeler sur le quai de la gare au milieu de la foule ! Jamais Alan n'aurait osé en faire autant. Et quelle décision il avait montrée en enlevant la malle, alors que tous les autres voyageurs attendaient mollement, à côté de leurs bagages, l'arrivée des porteurs toujours absents. Et, malgré ces belles qualités, Alan souhaitait de tout son cœur que Mrs Pawle ne ressemblât pas à son mari ! Et déjà il commençait à craindre que les quelques semaines qu'il devait passer entre ces deux êtres ne lui paraissent bien longues.

La route allait en descendant. Alan aperçut le village situé à un demi-kilomètre de la mer.

« Sambourne », annonça le docteur. Ils traversèrent le bourg, puis l'automobile entra par une grille en fer forgé dans un parc, tourna autour d'une pelouse et s'arrêta devant une maison de belle apparence construite dans le style de la reine Victoria. Le docteur Pawle consulta sa montre et offrit à Alan un de ses plus beaux sourires.

— Nous arrivons à l'heure ! Nous avons même une demi-minute d'avance. J'aurai juste le temps de vous présenter à ma femme avant l'arrivée de la théière ! Venez, cher ami ! Mais non, ajouta-t-il avec autorité, comme Alan se disposait à ramasser ses affaires. Laissez tout cela ; nous rangerons vos bagages plus tard ; d'abord et avant tout, le thé !

Le docteur ouvrit la porte d'entrée avec sa clé, d'un

geste élégant il invita Alan à pénétrer dans le vestibule ; il le conduisit dans un petit salon attenant.

— Le voici, ma chère, dit-il de la voix la plus suave. Nous avons quinze secondes d'avance. Je vous avais promis que nous serions à l'heure. J'ai tenu ma promesse.

Toujours nerveux au contact d'étrangers, Alan précéda son hôte dans le salon. Mrs Pawle venait à sa rencontre, en souriant.

— Vous êtes absurde, Fred ! Comment allez-vous, Mr Littlewood. Bien sûr, j'ai demandé à mon mari de vous amener pour le thé ! J'espère qu'il ne vous a pas tourmenté à ce sujet tout le long de la route.

Alan s'inclina, serra la main qu'elle lui tendait, murmura quelque chose d'inintelligible et rougit jusqu'aux oreilles.

III

Les jolies mains blanches de Mrs Pawle voltigeaient gracieusement au-dessus de la table à thé. Ses bras paraissaient encore plus blancs sous la transparence des longues manches de sa robe de dentelle.

— Prenez-vous du lait dans votre thé ? Et combien de morceaux de sucre, Mr Littlewood ?

— S'il vous plaît ! Un seul morceau, s'il vous plaît.

— Un seul morceau ?

Mrs Pawle paraissait trouver que c'était peu.

Alan essaya de sourire, marmonna quelque chose, et, pour se donner une contenance, regarda par la fenêtre. Puis, entendant la voix de Mrs Pawle qui appelait son mari, il s'aperçut qu'elle lui tendait une tasse. Il se leva vivement, et, dans sa précipitation, renversa une petite table qui se trouvait à côté de sa chaise.

— Je suis désolé, murmura-t-il, en rougissant violemment.

Il se baissa pour ramasser la table, et le docteur Pawle prit la tasse des mains de sa femme et la lui apporta.

— Merci infiniment !

— Désirez-vous du pain beurré ? demanda le docteur de sa voix suave.

— Oh ! merci ! ne vous dérangez pas !

Mais déjà son hôte lui passait le plat. Alan prit une tartine et commença à la grignoter, son regard toujours fixé désespérément sur la fenêtre ouverte.

Puis le docteur Pawle prit sa propre tasse de thé, et, très à son aise, s'installa dans son fauteuil en croisant ses longues jambes.

— Connaissez-vous déjà notre contrée, Mr Littlewood ? dit Mrs Pawle de sa voix la plus douce.

— Mais non, je ne suis jamais venu par ici.

— Mon mari n'aime pas beaucoup ce pays, n'est-ce pas, Fred ? Il trouve qu'il est trop exposé au vent et au froid. Mais moi, j'aime cette côte ! Et nous verrons par la suite si vous êtes de son avis ou du mien !

— Oui, répondit Alan, toujours embarrassé et timide. Oui, je pense, je suis certain que je me plairai ici.

— Y avait-il beaucoup de monde à la gare, Fred ? Comment avez-vous pu trouver Mr Littlewood dans la foule ?

Le docteur Pawle commença le récit de leur rencontre. Alan écoutait avec un sourire douloureux.

« Pourquoi suis-je comme cela ? se demanda-t-il avec désespoir. Pourquoi est-ce que je me rends ridicule ? Pourquoi est-ce que je ne peux pas prendre une tasse de thé sans renverser les meubles ? Pourquoi est-ce que je rougis dès qu'on m'adresse la parole ? Hugh n'est pas comme cela. Il est naturel ! Pourquoi ne suis-je pas naturel moi aussi ? »

Mais Alan savait bien qu'actuellement il n'était pas en possession de tous ses moyens, et que Mrs Pawle était responsable de cet état de chose. Alan était intimidé chaque fois qu'il se trouvait avec un étranger qui paraissait tout à fait à son aise. Mais lorsque cet étranger se trouvait être une femme, cet effet était intensifié. Mrs Pawle était précisément ce genre de femme qui faisait d'Alan une pauvre loque aux mains molles et à la tête vide. Son air distingué, son sourire si exquisément naturel, la grâce de sa conversation, tout cela rendait Alan affreusement timide et malheureux.

Le fait même que Mrs Pawle était une très jolie femme augmentait sa détresse. Il se serait senti tellement plus à l'aise si elle avait été une créature ordinaire. Mais sa peau blanche, si blanche à côté de ses boucles brunes, ses yeux bleus, la grâce de ses petits traits, de son front large, la ligne fine de ses sourcils, l'ovale de son visage, ses petites mains et ses petits pieds, son élégante silhouette, tout cela affolait Alan au lieu de l'apaiser.

Alan comprenait néanmoins avec ce qui lui restait d'esprit combien il était ridicule de sa part de se sentir embarrassé juste parce que le destin avait voulu que Mrs Pawle fût une jolie femme. Son charme et la grâce de son accueil auraient dû le calmer. Il sentit que sa gaucherie devait la désoler. Mais il ne pouvait surmonter sa faiblesse. De plus, il lui semblait que son hôte s'amusait follement de son désarroi.

« Flûte, pensa-t-il avec rage, si celui-là se met à se

moquer de moi, maintenant. » Pourtant, peu à peu, alors que la cérémonie du thé allait s'achever, Alan commença à s'apaiser. Aux exclamations horrifiées de Mrs Pawle au sujet de la malle, il fut tout heureux de pouvoir affirmer énergiquement qu'il était tout à fait en état de porter une malle sans que cela produisît des résultats dangereux pour sa constitution. Au moment où le docteur Pawle se leva pour reprendre sa tournée inachevée avant l'heure de la consultation, l'atmosphère du salon était devenue presque normale.

— Et mes bagages ? demanda Alan en se levant aussi. Ils sont encore dans l'auto.

— Oh ! les bonnes s'en seront occupé, dit le docteur négligemment.

Alan rougit. Naturellement, il aurait dû se souvenir que dans une maison bien montée les bonnes s'occupent de ces choses...

Après avoir souri une dernière fois, le docteur Pawle disparut. Mrs Pawle, se levant aussi, suggéra que Mr Littlewood aurait peut-être plaisir à voir le jardin. Alan accepta avec joie. Puis il se demanda s'il n'avait pas parlé avec trop d'empressement. Ils marchèrent côte à côte dans les grandes allées du jardin.

— Je vois qu'il va falloir que je vous prenne en main, Mr Littlewood, dit Mrs Pawle, après qu'Alan eût avoué sa complète ignorance en matière horticole ; tout le monde devrait connaître les éléments du jardinage.

— J'aimerais tellement apprendre, dit Alan avec chaleur, bien que, jusqu'à ce jour, il eût rangé le jardinage avec les patiences parmi les distractions réservées aux vieillards et aux pauvres d'esprit.

— Très bien. Commençons, dit Mrs Pawle en riant. Vous voyez cette fleur à la forme étrange, là-bas ? C'est une *dicentra spectabilis*.

— Eh bien ! Flûte, alors ! comme dirait ma sœur, s'écria Alan.

IV

— Maintenant, rappelez-vous, vous devez me dire exactement comment les choses vous conviennent, dit Mrs Pawle. Par exemple, au petit déjeuner, prenez-vous du thé ou du café ?

— Oh, comme vous voudrez, maintenant...

— Non, je veux que vous ayez tout ce qui peut vous faire plaisir tant que vous serez sous mon toit.

— Vous êtes vraiment trop gentille. Alors, ce sera du café.

— Très bien. Et à quelle heure prenez-vous votre bain ?

— Quand ce sera le plus commode pour vous.

Alan connaissait le drame du bain.

— Cela n'a aucune importance.

— Alors, le matin.

— Bon, le matin. Voilà qui est réglé. Et j'aimerais que vous ayez une boule d'eau chaude. Les nuits sont fraîches.

— Vous allez me gâter, Mrs Pawle, dit Alan ravi.

— Bien sûr que je vais vous gâter, dit Mrs Pawle en riant. Vous n'êtes ici que pour cela.

Ils étaient assis sur des chaises de jardin devant la pelouse. Alan se demandait ce qui lui était arrivé au moment du thé. Mrs Pawle était la personne la moins intimidante du monde. Sa conversation était agréable et facile. Alan la suivait avec délice. Il y avait à peine deux heures qu'il était dans la maison et ils parlaient maintenant tous les deux comme s'ils s'étaient connus depuis des mois.

— C'est vraiment chic de votre part de vous occuper ainsi de moi, dit Alan spontanément. Je crois que je vais beaucoup me plaire ici.

— C'est gentil à vous de me le dire; je l'espère de tout mon cœur.

— Pour vous avouer la vérité, j'étais un peu déçu. Je devais faire un voyage en France avec des amis, quand cette tuile m'est tombée dessus. (Mrs Pawle le regarda avc sympathie.) Mais maintenant cela m'est tout à fait égal. Je crois que je suis même content.

Les yeux bleus de Mrs Pawle brillèrent de plaisir.

— Faites-vous toujours d'aussi jolis discours, Mr Littlewood ?

— Ce n'est pas un discours. Vraiment, c'est le fond de ma pensée.

Alan avait encore quelque chose qui l'ennuyait. Mais il s'enhardit.

— Je vous remercie mille fois de m'accueillir ainsi. J'espère que le docteur Pawle n'y voit pas trop d'inconvénients ?

— Fred? mon mari? (La surprise de Mrs Pawle n'était pas feinte.) Bien sûr que non. Pourquoi en verrait-il ?

— Je ne sais pas... Cela avait un peu l'air de le déranger de venir me chercher à la gare. Il n'aurait pas dû le faire. J'aurais attendu un taxi.

— Ah! je vois. Il n'en est rien. Mais je crois qu'il vaut mieux que je vous prévienne : il est taquin. (Mrs Pawle sourit pour montrer qu'il s'agissait d'une chose sans importance.) Il ne faut jamais croire rien de ce qu'il dit. Il est tellement ironique et vous taquine avec un air solennel auquel certains se laissent prendre.

— Ah! dit Alan avec soulagement.

Mrs Pawle le scruta attentivement pendant un moment.

— Mr Littlewood, excusez-moi si je vous parais manquer de tact, mais... vous êtes très sensible, n'est-ce pas ?

— Je le crains, répondit Alan. C'est quelquefois bien pénible.

— Oh ! oui ! soupira Mrs Pawle. C'est un défaut que je connais. (Elle parut songeuse un instant, puis se tourna vers Alan en souriant.) Il faut que je rentre pour me changer. Le dîner est à 8 heures. Ne vous changez pas, si cela vous ennuie. Mon mari n'a quelquefois pas le temps de le faire.

— Oh ! je me changerai.

— A 8 heures moins le quart, les cocktails seront servis ici, dehors, il fait si chaud !

Ils se levèrent et Mrs Pawle ajouta :

— Si vous venez avec moi maintenant, je vais vous montrer votre chambre. J'espère qu'elles ont déballé vos affaires, mais vous ne pouvez vous imaginer combien mes bonnes sont bêtes ; elles font toujours ce qu'elles ne devraient pas faire et vice-versa.

— Je peux très bien faire tout cela moi-même, dit Alan avec sincérité, et il suivit son hôtesse dans la maison.

Sa chambre était petite mais confortable, avec vue sur la mer.

Tandis qu'il défaisait ses bagages, le docteur Pawle montra le bout de son nez :

— Tout va bien ?

— Très bien ; la chambre est épatante !

— Vous avez tout ce qu'il vous faut ?

— Oui, merci.

— Bon. Ce soir je vous laisserai tranquille, mais demain je jetterai un coup d'œil sur votre poumon ;

juste pour voir si nous n'avons pas fait de malheur en jouant les Hercule cet après-midi. A tout à l'heure. Ne devenez jamais médecin si cela vous passe par la tête. C'est une vie de chien !

Le docteur Pawle se retira.

Tandis qu'Alan rangeait soigneusement ses mouchoirs dans un tiroir et ses chaussettes dans un autre, il se sentit tout à fait heureux et transporté. Kathleen avait été vraiment bien inspirée. Il allait lui écrire tout de suite pour la remercier. C'était merveilleux d'être dans une maison où il y avait des bonnes pour déballer vos affaires, où l'on s'habillait pour le dîner, où l'on avait des boules d'eau chaude dans les lits...

Et puis Mrs Pawle était vraiment une femme épatante et, après tout, le vieux « doc » n'était pas mal non plus. Bon Dieu ! quelles vacances il allait passer !

CHAPITRE III

I

Pendant la première semaine qu'il passa à Sambourne, l'enthousiasme d'Alan alla croissant. Mrs Pawle était bien la femme la plus exquise qu'il ait jamais rencontrée. Le docteur était parfait. Il est vrai qu'il avait une voix bizarre, onctueuse, et l'habitude de faire des plaisanteries un peu déconcertantes. Mais tel qu'il était, Alan l'aimait beaucoup. Le troisième jour de son séjour, Mrs Pawle lui annonça qu'elle ne l'appellerait plus Mr Littlewood, et il devint « Alan » pour le ménage. Puis il fit son emploi du temps : les matinées étaient consacrées au travail. Alan emportait ses livres soit au jardin, soit sur la plage. Il passait toute la journée au grand air. L'après-midi, il faisait de grandes promenades à pied le long de la côte, soit seul, soit en compagnie de Mrs Pawle.

Il voyait peu le docteur, sauf le soir et aux heures des repas. Il n'y avait pas d'enfants. La maison était admirablement tenue et marchait comme sur des roulettes. Mrs Pawle avait tout le temps de se consacrer à son invité. Ils causaient beaucoup ensemble. Mrs Pawle savait écouter d'une oreille sympathisante, et bientôt Alan se mit à lui parler, comme il n'avait jamais jusqu'à présent parlé à personne. Il trouvait leurs conversations merveilleuses. L'amitié et la compréhension d'une femme plus âgée et expérimentée était pour lui d'un réconfort sans pareil. Leurs causeries effleuraient tous les sujets : les livres, la poésie, la vie, le mariage. Bientôt ils parlèrent, à mots couverts, bien entendu, des questions sexuelles, mais surtout et avant tout ils parlèrent d'Alan. Si la famille avait accueilli avec indifférence la grande nouvelle de la publication de son poème, Mrs Pawle fut au comble de l'enthousiasme. Elle en était non seulement très impressionnée, mais ravie. Elle apprit le poème d'Alan par cœur, et le récita après le dîner à son mari, à la grande joie d'Alan. Le docteur Pawle le félicita chaleureusement et pria sa femme de le lui réciter à nouveau. Tous deux lui prédirent un brillant avenir.

Alan était au septième ciel. Un peu méfiant d'abord, Alan parla à Mrs Pawle de sa famille. Il lui raconta combien son frère et sa sœur étaient brillants, et combien, hélas ! il l'était peu. D'une façon charmante, Mrs Pawle lui prouva le contraire en l'assurant qu'un jour très prochain c'est lui qui serait le plus brillant d'eux tous.

Puis il parla de Kathleen. Mrs Pawle se montra pleine d'intérêt et de sympathie. Elle insista pour qu'il lui montre la photo de la jeune fille. Elle lui posa quantité de questions à son sujet et le félicita d'avoir fait un choix aussi parfait. Alan, tout à fait ravi, lui conta grand nombre d'anecdotes pour lui prouver encore mieux l'excellence de son choix.

Cependant il était un peu tourmenté, car il s'aperçut qu'en parlant de Kathleen il prenait encore une fois un ton légèrement protecteur.

« Pourquoi ? » se demanda-t-il. Il ne comprenait pas. Puis un peu brusquement il changea de conversation. Au cours de leurs longues causeries Alan apprit bien des choses concernant Mrs Pawle. Elle lui raconta qu'elle était d'une vieille famille écossaise, que son nom de jeune fille était « Lovot Mitchell », que son père était baronnet et dans les affaires à Londres ; Alan était très impressionné. Ainsi s'expliqua-t-il la distinction et la bonne grâce de Mrs Pawle. Elle avait des ancêtres aristocratiques. Sa famille avait dû certainement jouer un rôle dans l'histoire !

Alan et Mrs Pawle parlèrent longuement de leurs familles. Alan lui raconta que sa mère était une « Finch » et qu'elle descendait de l'amiral Nelson par son arrière-arrière-grand-père maternel.

Bien entendu Mrs Pawle et Alan étaient d'accord que tout ceci ne voulait rien dire du tout, mais tout de même il était agréable, dans un monde aussi vulgaire, d'avoir des ancêtres aussi distingués. Et ainsi, étant tous deux si bien nés, il se formait entre eux un lien de plus. Ils parlèrent aussi de religion, une question que Mrs Pawle prenait très à cœur. Alan, par contre, n'avait jamais été baptisé, pas plus que son frère et sa sœur, le professeur et Mrs Littlewood étant libres penseurs. Et, ayant échappé au baptême comme à la première communion, Alan avait trouvé que ceci ne lui avait fait aucun tort à Oxford. Bien au contraire, cela lui avait conféré une espèce de supériorité vis-à-vis de ses camarades.

Mrs Pawle, par contre, prenait sa religion très au sérieux et entreprit de convertir Alan. Elle le fit avec tant de charme et de grâce qu'il fut captivé beaucoup plus par la manière que par le sujet en lui même. Un jour elle lui demanda s'il voulait bien l'accompagner à l'église le prochain dimanche.

Il consentit tout de suite — et sa façon de lui sourire et de lui serrer la main fut sa plus grande récompense.

Dans toutes leurs longues conversations, Alan sentait que non seulement Mrs Pawle donnait une certaine importance à son jugement, mais qu'il comptait pour elle. Il sentait qu'elle le comprenait mieux que n'importe qui ne l'avait jusqu'à présent compris, à l'exception de Kathleen bien entendu. Et peut-être le comprenait-elle encore mieux que Kathleen !

II

Alan fut plus impressionné qu'il ne voulut l'admettre par le service en l'église de Sainte-Agathe. Mrs Pawle appartenait à la section religieuse autrefois connue sous le nom de « Haute Église » et que l'on nomme aujourd'hui « Anglo-Catholique » — sans atteindre les pompes grisantes de l'Église catholique romaine, le service théâtral, le parfum de l'encens, la belle ordonnance de la cérémonie plurent infiniment à Alan. Comme ils sortaient de l'église parmi la foule des fidèles élégants qui conservaient leur air recueilli jusqu'à ce qu'ils aient définitivement dépassé le portail, Mrs Pawle sourit à Alan et lui dit :

— Viendrez-vous encore dimanche prochain ?

— Oui, répondit Alan, je viendrai.

Mrs Pawle ne dit plus rien, mais elle parut contente.

Il avait été décidé que l'auto les reprendrait dans les faubourgs de Seaport. Le docteur Pawle avait un malade à voir dans le voisinage. Cet arrangement avait d'ailleurs provoqué une légère dispute : Mrs Pawle voulait que son mari vienne la chercher à l'église. Alan aussi, dans son for intérieur, était de cet avis, car, après tout, qu'est-ce qu'un kilomètre de plus ou de moins pour une voiture ? Aux protestations assez douces de sa femme qui parlait d'une cheville sensible et de la fatigue d'Alan, le docteur avait répondu assez brutalement qu'une bonne marche n'avait jamais fait de mal à personne et qu'ils auraient ainsi tout le loisir de rejeter l'encens de leurs poumons !

Comme ils sortaient de l'église, Alan ne put s'empêcher de penser que Mrs Pawle n'était guère équipée pour le footing ; sa jupe large s'envolait à chaque coin de rue, ses talons étaient bien trop hauts... Mais l'élégance de Mrs Pawle était connue parmi les fidèles et, en tous les cas, Alan était fier et flatté d'accompagner une femme si chic.

— Vous êtes sûre que vous ne voulez pas prendre un taxi ? demanda Alan avec inquiétude. (Son inquiétude était due au fait qu'il n'avait qu'un shilling en poche et qu'il savait que les taxis des villes d'eau prennent quelque liberté avec le tarif ordinaire. Fort heureusement, Mrs Pawle déclina l'offre en souriant.) Mais n'avez-vous pas mal à la cheville ?

— Oui, malheureusement. Je me suis foulé la cheville en jouant au tennis, quand j'étais jeune fille, et cela n'a jamais complètement guéri.

— Ce n'est vraiment pas de chance.

— Sur le moment, j'étais désespérée, car je ne pus jouer dans le tournoi. Je prenais le tennis très au sérieux. Mais, après tout, j'aurais certainement été battue.

— Moi, en tous les cas, dit Alan, je n'ai jamais été aussi près d'une victoire. Vous savez, je joue comme une pantoufle.

Il se sentit soulagé par cet aveu.

— Alan, répondit Mrs Pawle d'une façon inattendue, je ne veux pas vous faire un prêche, mais je crois que la religion vous apporterait un grand réconfort.

— Un réconfort ?

— Oui, dit Mrs Pawle en tenant à deux mains sa grande capeline qui menaçait de s'envoler ; vous êtes tellement sensible.

— Pourquoi dites-vous cela ? demanda Alan, ravi de parler de lui-même.

— Je l'ai senti dès le début. Ainsi, maintenant, vous avez préféré me dire que vous jouiez très mal au tennis plutôt que de me laisser m'en rendre compte sur le court.

— C'est vrai.

Alan était impressionné de cette pénétration.

— N'est-ce pas ? (Mrs Pawle était triomphante.) Cela me donne le droit de continuer et de vous dire que non seulement vous êtes trop sensible, mais aussi que vous n'avez pas assez confiance en vous.

— Non, probablement. (Alan était décidément très intéressé.) Vous devinez pourquoi ?

— Votre famille ? Oh ! mon Dieu, les familles ! Je sais... Figurez-vous que maintenant encore je ne peux pas supporter qu'on regarde mon nez, parce que mon frère me taquinait tellement à ce sujet !

— Au sujet de votre nez, pourquoi ? dit Alan avec étonnement.

— Il disait que j'avais le nez en trompette.

— Allons donc, c'est absurde ! Il est... C'est un rudement joli petit nez !

Mrs Pawle rit avec délice :

— Alan ! et juste en sortant de la messe ! Mais je vous pardonnerai tout si vous aimez mon nez. Mais si nous parlions de vous. Je disais qu'il n'y avait qu'une seule méthode pour combattre l'influence de la famille, c'était de se soumettre à une influence meilleure et plus puissante. Croyez-moi ; je suis aussi passée par là... La religion était l'appui dont j'avais besoin pour m'enlever mes idées fausses et me donner confiance en moi-même.

— Vous croyez donc que toutes mes idées sont fausses ?

— J'en suis certaine. Vous vous sous-estimez. Si vous ne faites pas attention, cela deviendra une habitude. Vous finirez par en profiter pour gagner de la sympathie. Oh ! je connais ce genre de tentation, mais un bon confesseur vous remettra dans le droit chemin. Il vous expliquera que la fausse modestie est un aussi grand péché que l'orgueil. Et en vous aidant à vous dépouiller de toutes idées fausses, il vous apprendra à vous estimer à votre juste valeur, ni plus, ni moins. Alan, je vais tous les mercredis à Seaport pour me confesser. Voulez-vous venir avec moi, mercredi prochain ?

Alan hésita quelques secondes. Il n'était pas certain qu'il aimerait raconter ses défauts à un étranger.

— Alan, pour me faire plaisir ! supplia Mrs Pawle.

Alan comprit tout à coup que cette façon de se dérober était honteuse.

— Oui, dit-il très vite... Je le ferai... Je crois que vous avez raison.

— Merci, Alan, dit Mrs Pawle tranquillement.

Ils firent quelques pas en silence.

— Alan, dit Mrs Pawle, je crois qu'il vaut mieux ne rien dire de tout ceci à Fred. Il n'est pas très compréhensif au sujet de la religion, comme vous avez pu vous en apercevoir.

Alan était inexplicablement ravi à l'idée qu'il pût exister un secret entre lui et Mrs Pawle.

— Non, naturellement, je ne lui en parlerai pas.

D'ailleurs le docteur ne me paraît pas avoir besoin des secours de la religion.

— Le malheur, c'est qu'il pense que tout le monde est comme lui. C'est pourquoi il désapprouve la croyance.

— Vraiment ? demanda Alan, qui éprouvait un grand plaisir à parler du docteur Pawle avec sa femme d'une façon si intime.

— Il m'empêcherait d'aller à l'église si cela était dans son pouvoir, répondit simplement Mrs Pawle. Vous avez vu toutes les difficultés qu'il a faites au sujet de la voiture. Il aurait facilement pu venir nous chercher s'il avait voulu.

— Heureusement qu'il n'a pas voulu, sinon nous n'aurions pu avoir cette conversation, Mrs Pawle...

— Oui.

Alan rougit :

— Je voudrais que vous sachiez quel plaisir j'ai à parler avec vous.

— C'est très gentil à vous, Alan. Moi aussi j'aime beaucoup vos conversations. Et Alan... puisque nous commençons à mieux nous connaître, je pense que vous pourriez ne plus m'appeler Mrs Pawle, comme si j'étais une amie de votre grand-mère.

— Vous voulez dire que je pourrais vraiment vous appeler Evelyn ? bafouilla Alan.

— Cela vous ferait plaisir ?

— Ce serait avec joie, dit Alan, avec ferveur.

Et il termina la promenade dans un état de ravissement complet.

Mrs Pawle avait raison : ils commençaient à très bien se connaître ; c'était extraordinaire en si peu de temps, vraiment extraordinaire. Pourtant, en jeune homme bien élevé qu'il était, Alan demanda au docteur Pawle s'il ne voyait pas d'inconvénient au nouvel arrangement. Le docteur lui prodigua l'un de ses plus larges sourires :

— Mon cher, cela n'a aucune importance. Appelez-nous comme vous voudrez. Personnellement je réponds à n'importe quelle interjection lancée d'une voix forte !

— Vous voulez bien que je vous appelle Fred ?

— Mais ce serait un honneur, dit le docteur en essuyant gracieusement les coins de sa bouche avec sa serviette.

Alan, rayonnant, regarda ses amis ; maintenant, il faisait vraiment partie de la famille.

CHAPITRE IV

I

Environ quinze jours après son arrivée, Alan fut étonné quand la femme de chambre Steadman vint lui dire qu'une jeune fille qui ne voulait pas dire son nom le demandait au téléphone. Puis Alan pensa que ce devait être Kathleen, mais il se sentit énervé qu'elle n'eût pas voulu dire son nom, et éprouva un certain soulagement qu'elle fût tombée sur Steadman et non sur Mrs Pawle.

Ce n'était pas Kathleen, mais une voix féminine et inconnue qui se mit à glousser de la manière la moins harmonieuse en demandant :

— C'est bien vous, Alan ?

Après qu'Alan eut confirmé son identité, la jeune fille gloussa de nouveau et annonça qu'elle était Dorothy Fiske. Elle demanda si Alan et ses hôtes seraient libres cet après-midi pour venir jouer au tennis à 3 heures.

— Avec le plus grand plaisir, répondit Alan poliment. Mais je ne connais pas l'emploi du temps de Mrs Pawle. Voulez-vous rester à l'appareil, je vais le lui demander.

Mais Miss Fiske n'avait aucune envie de rester à

l'appareil et dit que Mrs Pawle serait toujours la bienvenue.

— Je viendrai à 3 heures, dit Alan, vous êtes vraiment trop aimable.

— Pas du tout, assura Miss Fiske, nous voulons voir comment vous êtes fait. Mon Dieu, je n'aurais pas dû dire cela !

— Pourquoi ? dit Alan en riant.

— Je suis la meilleure amie de Kathleen, vous savez. A propos, cela ne vous ennuie pas que je vous appelle Alan ?

— Au contraire, et moi je vous appellerai Dorothy.

Miss Fiske parut ravie de la suggestion ; elle voulait continuer ce badinage, mais Alan, qui avait appris de sa mère la brièveté au téléphone, raccrocha après avoir répété d'une voix ferme l'heure du rendez-vous.

Il alla tout de suite trouver Miss Pawle, qui arrangeait des fleurs dans l'office, et lui fit la commission.

— Comme c'est gentil à Dorothy, dit-elle distraitement, je ne joue pas au tennis. Peut-être Fred pourra-t-il m'amener pour le thé.

Alan fut déçu.

— Vous ne jouez pas du tout maintenant ?

— Non, c'est à cause de ma cheville, je vous ai raconté. Mais ce n'est pas une grande perte.

— Je suis sûr que vous jouez très bien. Mais moi je suis une vraie pantoufle, avoua Alan.

— Allons donc ! Vous jouez sûrement assez bien pour les Fiske.

— Je suis au-dessous de tout, et ce n'est pas de la modestie ; les Fiske doivent être très entraînées.

— Elles jouent convenablement, sans plus.

— Je gâcherai la partie, comme d'habitude.

— Eh bien ! allez-y et ne jouez pas.

Cela était impossible. Il faut toujours jouer, même si

on s'en acquitte mal. En Angleterre, c'est un devoir social. La civilisation voulait qu'Alan fût un martyr et il serait un martyr.

Quelque trois heures plus tard, tandis qu'il avançait péniblement dans un chemin poussiéreux, monté sur une vieille bicyclette du docteur, il souhaita ardemment voir la pluie tomber en abondance. Au collège, avant chaque compétition sportive, il avait formé le même vœu.

II

La famille Fiske n'avait vraiment rien d'extraordinaire : elle se composait des inévitables parents et de quatre filles follement gaies et bruyantes, qui, instantanément, gratifièrent Alan d'une limonade tiède. Elles s'appelaient Eileen, Dorothy, Ketty et Joan. La seule qu'Alan put distinguer fut Dorothy. Il s'assit à côté d'elle dans un fauteuil de jardin en regardant la fin de la partie en train. Car Alan s'était perdu en chemin, plus ou moins volontairement d'ailleurs, et il avait un gros retard sur l'heure du rendez-vous.

— Est-ce que vos sœurs font tout avec la même précipitation ? demanda Alan, tandis qu'il jetait un regard sur les quatre créatures suantes et soufflantes évoluant sur le court.

Alan avait compris que Dorothy était une âme sans détours, et il se sentait à l'aise pour poser la question. En fait, il ne la posait pas sans raison. Les quatre sœurs semblaient ne pas savoir marcher ; elles se ruaient dans tous les sens. Elles paraissaient n'avoir jamais que la moitié du temps nécessaire pour accomplir une action donnée, d'où il résultait que l'action en question était improprement accomplie ou remplacée du tout au tout par une autre. Ainsi l'une des sœurs raconta qu'étant sur le toit d'un autobus dans Oxford-Street, elle aperçut dans une devanture l'écharpe de ses rêves ; elle se précipita hors de l'autobus, se rua dans le magasin, courut au rayon des écharpes et là, dans sa hâte — car elle avait un rendez-vous pour lequel elle était déjà en retard —, acheta celle dont elle ne voulait pas. Une autre sœur commença une autre histoire sur les effets désastreux de la précipitation, mais toutes étaient d'accord pour dire qu'il valait mieux se ruer pour obtenir un mauvais résultat que de marcher tranquillement comme tout le monde. Dorothy se mit à rire à la question d'Alan. C'était une petite fille mince et brune aux yeux proéminents ; certainement pas laide, mais Alan décida qu'elle n'était pas du tout son genre.

— Naturellement, nous sommes toujours pressées ; c'est idiot, n'est-ce pas ?

Puis Miss Fiske changea de sujet :

— Avez-vous dit qu'Eve venait plus tard ?

— Elle espère venir, si le docteur a le temps de faire un set.

— Chic ! Fred joue si bien. Est-ce qu'elle vous plaît ?

— Qui ? Mrs Pawle ? (Alan était un peu étonné.) Mais oui, naturellement, pourquoi ?

— Nous en sommes tous toqués, ici. Tout le monde adore Eve. Et puis elle est si intelligente.

— Oui, très, dit Alan avec une certaine raideur.

Il n'avait aucune envie de parler de Mrs Pawle avec cette drôle de fille.

Tandis qu'il se dirigeait vers le court où il devait jouer avec Dorothy contre une autre sœur et un jeune homme pâle à lunettes, la conversation qu'il venait d'avoir avec la jeune fille lui trottait dans la tête. Il se sentait irrité, mais le résultat immédiat de cette irritation fut qu'il oublia sa timidité et joua comme un dieu. En un quart d'heure Dorothy et lui avaient gagné un set à zéro.

— Vous auriez dû nous prévenir que vous jouiez comme ça, dit Dorothy avec respect.

— Pensez-vous, dit Alan en riant gaiement ; d'habitude je joue comme une pantoufle.

Sur le moment, il pardonna tout à Dorothy.

— C'est pas mal joué, affirma un grand jeune homme, l'air plein de lui-même, qui était arrivé pendant la partie. Si on se mesurait contre eux, Eileen ?

Alan examina le physique imposant du nouvel arrivé, et ne se sentit pas trop rassuré.

— Mais si, faisons une partie à quatre, s'écria Dorothy. Venez-vous, Alan ?

— Cela vous est égal, je pense, d'être battu à plate couture, dit le jeune homme avec impertinence, en prenant Eileen par le bras et la conduisant sur le court d'un air de propriétaire.

Alan, qui n'aimait pas beaucoup les jeunes gens de son âge, surtout lorsqu'ils étaient grands, forts et bien portants, éprouva pour celui-ci une antipathie violente et invincible.

— Il n'est pas certain, dit Dorothy en faisant tournoyer sa raquette, que vous allez nous battre si facilement que cela. Peut-être même que vous ne nous battrez pas du tout !

— Vous n'avez aucune chance, répliqua le jeune homme catégoriquement. Cette fois-ci, c'est une affaire d'universités, et vous savez bien que c'est toujours Cambridge qui bat Oxford dans toutes les manifestations sportives.

— Ce n'est pas une règle absolue, dit Dorothy en souriant. Alors nous commençons. C'est nous qui servons, venez, Alan !

Alan, dans une rage froide, ramassa les balles.

Oh ! s'il pouvait seulement donner une leçon à ce jeune prétentieux !

Alan commença. Il était fort dans cette partie du jeu, car, pendant deux ans, il avait pratiqué le service, et il était arrivé à une dextérité presque diabolique. La balle fusait sous sa raquette, et aujourd'hui la colère lui prêtait du génie. A chaque service d'Alan, la balle volait, telle une hirondelle, et jamais à l'endroit où son adversaire l'attendait.

Le grand jeune homme jouait bien, mais il était un peu lourd et un peu lent. Le service inspiré d'Alan était trop fort pour lui. Alan et Dorothy y gagnèrent la partie à 6-4. Alan, rouge et triomphant, eut beaucoup de mal à assumer l'air modeste qui sied à un gagnant britannique. Puis ce fut l'heure du thé. Le docteur Pawle arriva : grand et mince en flanelle blanche. Il prodigua son sourire à toute l'assemblée. Mrs Pawle, qui semblait sortir des courses d'Ascot, en grand chapeau et robe en voile de soie beige, l'accompagnait. Elle parut délicieusement fraîche, à côté des jeunes joueuses de tennis, rouges et essoufflées. Les Pawle se réjouirent des prouesses d'Alan, comme si un peu de sa gloire rejaillissait sur eux, et le bonheur d'Alan fut à son comble lorsqu'il apprit que le jeune homme qu'il avait battu sur le court était champion de rugby pour l'Université de Cambridge. Et même son air de propriétaire avec Eileen s'expliquait fort bien. Depuis la semaine dernière, les deux jeunes gens s'étaient lancés dans des fiançailles qui n'étaient pas encore rompues. Alan s'aperçut aussi qu'il s'était tout à fait trompé sur la personnalité de ce jeune homme qui s'appelait Eccles, car, au moment où tout le monde se dirigeait vers la table à thé, il s'approcha de lui en disant aimablement :

— Bien joué, Littlewood. Je m'excuse si j'ai dit quelque chose de désobligeant pour Oxford.

— Le fait est, répondit Alan, de son air le plus gracieux, que voilà près de douze ans que vous nous battez !

— Pas aujourd'hui, en tout cas !

— Oh ! bien... fit Alan avec modestie.

Alan ne put faire plus, ce jour-là, qu'échanger quelques sourires avec Mrs Pawle. Elle était si jolie et si entourée qu'il était pratiquement impossible de l'approcher. Mais il se consolait en se disant qu'il l'aurait pour lui tout seul lorsqu'ils rentreraient à Silverdale. Au moment précis où toute la jeunesse l'entourait, le félicitant de sa victoire, le maître de maison — un mélancolique colonel en retraite — s'approcha de lui. Il l'emmena faire quelques pas dans le parc, et lorsqu'il fut certain que personne ne pouvait l'entendre, il demanda à Alan d'un air triste :

— Dites-moi, Littlewood, êtes-vous israélo-britannique ?

Et comme Alan, avec tout le respect qui est dû à un interlocuteur plus âgé, lui répondit qu'il ne l'était pas, le colonel Fiske le retint pendant vingt minutes en lui expliquant du même ton lugubre pourquoi il devait absolument faire partie de cette honorable congrégation.

Mais il était déjà l'heure du prochain set. D'un commun accord on décida que le docteur Pawle devait se mesurer avec le redoutable Alan. Alan s'y prêta volontiers. Il aimait assez le docteur, mais ne pouvait se défendre de penser qu'il se moquait discrètement de lui. Depuis l'épisode de la malle, Alan sentait vaguement que le docteur Pawle le méprisait un peu. La malle avait été le triomphe du docteur. Mais, aujourd'hui, c'était à Alan de triompher. Pour une fois il ne doutait pas de lui. N'était-il pas l'homme qui venait de battre le champion de rugby de Cambridge ? Il n'aurait aucune difficulté à régler son sort à un obscur médecin de campagne qui a largement dépassé la quarantaine.

Comme il passait près de Mrs Pawle pour prendre sa raquette, le colonel israélo-britannique regarda tristement le néophyte possible arraché par le jeu à sa persuasion. Mrs Pawle, par contre, lui sourit :

— Qu'est-ce que je vous disais, Alan ? dit-elle gaiement ; vous voyez qu'il faut avoir confiance en vous.

— Oh ! je suis un peu en forme aujourd'hui, répondit-il.

— Pas du tout, vous êtes très bon au tennis, et aujourd'hui vous avez été particulièrement brillant.

Alan atteignit le court avec une démarche de conquérant. Le docteur Pawle devait jouer avec Kitty contre Alan et Joan. Ils tirèrent au sort pour le service. Kitty gagna.

— Nous prendrons le côté, dit le docteur ; qu'ils servent !

— Alan a un service démoniaque, prévint Kitty.

— Il a fait sûrement des fautes de pied. (Le docteur Pawle souriait.) Nous allons le surveiller comme deux lynx.

Alan se dirigea vers la ligne de fond avec ses trois balles. Il vit immédiatement que le docteur Pawle avait eu raison de choisir le côté. Le soleil lui arrivait juste dans l'œil de façon gênante. Il se détourna un peu.

— Ha ! Ha ! hurla le docteur, qu'est-ce que je disais ?

— Quoi ? demanda Alan.

— Votre pied gauche me paraît dangereusement près de la ligne, jeune homme !

Alan regarda son pied ; il était bien à six centimètres derrière la ligne.

— C'est tout à fait réglementaire ! cria Joan avec indignation.

Le sourire du docteur s'élargit :

— Pardon, Alan, désolé.

— Aucune importance, dit Alan.

La première balle, après avoir décrit une magnifique trajectoire, atterrit quelques millimètres trop loin.

Alan envoya sa seconde balle avec une malveillance délibérée. Elle alla dans le filet.

— J'ai vu des doubles fautes à Wimbledon... lança le docteur.

Alan méprisa l'allusion. Il lança une balle facile à Kitty qui la renvoya au milieu du court.

— A vous ! hurla Joan en se précipitant elle-même. Alan et elle se cognèrent alors qu'ils couraient tous deux à toute vitesse.

— Pardon, dit Joan, penaude, c'est de ma faute.

— On va rattraper cela, assura Alan, grand seigneur.

Mais il était énervé, et son second service tomba sur la ligne du fond.

— C'est l'autre ligne qu'il faut viser, jeune homme ! ricana le docteur Pawle.

La seconde balle atteignit son but. Le docteur Pawle la lui renvoya en revers. C'était naturellement le coup qu'Alan détestait le plus. Il se rua sur la balle avec rage et la frappa sauvagement ; elle alla s'écraser dans les fleurs.

— Je sais ce qu'il y a, Alan, dit le docteur, vous vous trompez de jeu. Ce n'est pas au golf que nous jouons !

Kitty éclata de rire. Alan sentit qu'il allait mordre, et, dans l'amertume de son désespoir, maudit intérieurement le docteur.

Alan et Joan furent battus 6-0.

— Je crains de m'être foulé la cheville au début, dit Alan à Joan, et...

— Foulé la cheville ! s'exclama bruyamment Joan. Pourquoi diable n'avez-vous rien dit ?

— J'aurais tout gâché.

— Foulé la cheville ? dit le docteur Pawle. Laissez-moi jeter un coup d'œil.

— Oh ! ce n'est rien, dit Alan vivement.

Le docteur lui adressa son sourire le plus gracieux.

— En effet, dit-il, cela ne doit pas être grave.

— Foulé la cheville ? dit Mrs Pawle avec sollicitude. Fred, comment pouvez-vous dire que c'est sans gravité ? J'ai une triste expérience à ce sujet.

— Foulé la cheville ? dit le jeune Mr Eccles, c'est très ennuyeux ; il faut se soigner.

— Bien sûr qu'il faut se soigner, ajouta l'une des sœurs Fiske.

Et là-dessus elle raconta comment elle s'était foulé la cheville en glissant sur un tapis un jour qu'elle se hâtait pour un motif connu d'elle seule et comment elle avait dû rester allongée pendant trois semaines, incapable de s'adonner à sa chère précipitation.

— Moi, je me suis foulé la cheville en visitant la Grande Pyramide, observa le colonel Fiske d'un air sombre. Il faut vous soigner, Littlewood.

— Mais ce n'est vraiment rien du tout, affirma Alan d'une voix blanche, en évitant le regard du docteur.

— Quoi qu'il en soit, il ne peut pas rentrer à

bicyclette, n'est-ce pas, Fred, dit Mrs Pawle. Il rentrera en auto avec nous.

— Très bien, dit le docteur avec amabilité, et la bicyclette roulera toute seule par-derrière.

Une demi-heure plus tard, et seul (enfin !), Alan, allongé sur son lit, réfléchissait avec amertume et mélancolie. Il était honteux. Pourquoi ces choses-là lui arrivaient-elles, à lui ? Le docteur Pawle seul était responsable de tout.

— Mais pourquoi cet acharnement ? se demanda Alan avec désespoir.

Alan n'avait pas encore compris que si Mrs Pawle devait être son amie, le docteur Pawle devait forcément être son ennemi.

CHAPITRE V

I

La partie de tennis chez les Fiske fut le prélude d'une des conversations les plus sérieuses qu'il ait eues avec Mrs Pawle. Entre-temps, Alan s'était senti affreusement malheureux.

Il était resté éveillé jusqu'à l'aube, ses tristes pensées tournoyant dans sa tête et le ramenant toujours au sujet de sa honte, comme des corbeaux sur une charogne. Quand le sommeil vint enfin clore ses paupières, le sourire diabolique du docteur Pawle hanta ses rêves.

Alan croyait sincèrement être devenu un objet de risée pour tout le voisinage et, en particulier, pour ses hôtes. A déjeuner, il n'ouvrit pas la bouche. Mrs Pawle parut ne rien remarquer ; quant au docteur, il semblait vouloir continuer dans la voie de la raillerie facétieuse. En désespoir de cause, Alan demanda s'ils voulaient venir tous les deux avec lui cet après-midi pour se baigner. Il n'avait d'ailleurs aucune envie d'être accompagné par le docteur Pawle (au surplus, ce diable d'homme devait nager comme un serpent de mer), mais il avait remarqué avec étonnement que Mrs Pawle refusait systématiquement de se baigner seule avec lui. Alan était déçu. Il aurait aimé voir Mrs Pawle en costume de bain ; cela aurait été un plaisir purement esthétique, plaisir nettement amoindri si le mari avait été là, tourniquant autour de sa femme avec des airs de propriétaire.

En tout cas, il n'y avait pas de baignade ce jour-là. Le docteur Pawle, de son air le plus catégorique, annonça qu'il était très occupé et qu'il n'avait pas de temps à consacrer à ces futilités. Par conséquent, la question était résolue. Pour Mrs Pawle, Alan aurait voulu lui demander devant son mari si elle ne voulait pas se baigner, et si elle refusait, quel était le motif de son refus. Mais il n'en eut pas le courage. Mrs Pawle ajouta cependant très aimablement qu'elle ferait tout son possible pour descendre à la plage, afin d'assister au bain d'Alan. Celui-ci la remercia d'un air boudeur.

Après le déjeuner, il y eut un petit incident qui faillit occasionner un éclat. Comme ils sortaient de table, Mrs Pawle demanda à Alan s'il avait vu le journal du matin. Se souvenant, avec un peu de remords, qu'il l'avait laissé en haut dans sa chambre, Alan monta vite le chercher, laissant sa cigarette sur le rebord du porte-manteaux de l'antichambre. Lorsque trente secondes après il descendit l'escalier, il trouva le docteur Pawle qui montait la garde autour de sa cigarette, l'air furieux.

— Alan, est-ce à vous ?

Alan, se sentant en faute, répondit avec volubilité :

— Oui, je l'avais laissée là une minute, pendant que je...

— Eh bien ! vous seriez très aimable, à l'avenir, de ne pas laisser vos cigarettes allumées sur les meubles de cette maison.

La colère gronda dans la poitrine d'Alan.

Au diable le docteur et ses meubles ! Comme si cette

malheureuse cigarette avait pu occasionner quoi que ce soit pendant la minute qu'il l'avait laissée ; très digne, il répondit au docteur :

— Je m'excuse pour tout le mal que ma cigarette aurait pu faire si elle en avait eu le temps.

— Très bien, alors ne recommencez pas, répondit le docteur en regagnant son cabinet à grandes enjambées.

Alan porta le journal dans le salon et le tendit à Mrs Pawle.

— Oh ! merci, Alan. Alors je vous retrouve sur les dunes tout à l'heure.

Alan, encore tremblant de rage, murmura quelques mots inintelligibles et monta vivement dans sa chambre. Là, il s'assit à sa petite table et se mit à fumer la cigarette, cause de tous ses ennuis. Il la fuma si vite qu'il se brûla la langue.

— Zut pour le docteur ! grogna-t-il, qu'il aille au diable. J'en ai assez.

Le fait de parler tout haut lui donna du courage. Sa résolution était prise. Il ne resterait pas un jour de plus chez les Pawle. La vie chez eux était intenable. Il écrirait tout de suite à sa mère.

Oui... mais pas tout de suite. Il écrirait après son bain.

II

Alan était couché sur le dos en plein soleil, sur le sable chaud et sec. Depuis une semaine il prenait tous les jours son bain de soleil et s'en trouvait très bien. Il n'avait pas apporté de livre. Ses pensées tournoyaient dans sa tête à une telle vitesse qu'il lui était impossible de lire.

Il était déjà 3 heures. Alan avait la certitude que Mrs Pawle ne viendrait pas. Cela lui était d'ailleurs tout à fait égal, car, après réflexion, il la rendait responsable de tout ce qui lui était arrivé. D'abord, pourquoi n'était-elle pas venue se baigner avec lui ? Elle aurait dû comprendre que cela lui faisait plaisir. Après tout, et malgré tout ce qu'elle disait au sujet de sa sensibilité, elle n'était pas une femme sensible, elle était même dure. Et puis cette malheureuse affaire chez les Fiske !

Elle n'a certainement pas compris tout ce qu'il avait souffert. Peut-être même s'était-elle moquée de lui. Après tout, Fred Pawle était son mari. Elle voulait certainement qu'il gagne la partie. Une femme qui ne veut même pas se baigner sans son mari ne peut que souhaiter de le voir gagner au tennis. Au fait, Mrs Pawle n'était pas franche, elle avait mal agi avec lui. Elle avait prétendu être son amie et avait encouragé son mari à le couvrir de ridicule. A ce point de ses réflexions, Alan décida que tout ce qui lui arrivait était de la faute de son hôtesse. Plus vite il rentrerait chez lui, mieux cela vaudrait. En tout cas, Dieu merci, Mrs Pawle ne viendrait pas à la plage aujourd'hui. A ce moment même, Alan, les yeux mi-clos, aperçut Mrs Pawle fraîche et gracieuse, en robe de linon vert jade, marchant doucement vers lui sur le sable et tenant à la main une grande ombrelle, assortie à sa toilette.

Il ferma tout à fait les yeux et fit semblant de ne pas la voir. Elle s'assit sur une touffe d'herbe, et Alan entendit le doux frémissement de sa robe, comme elle s'installait auprès de lui. Il feignit de dormir, mais après un moment il regretta ce qu'il avait fait. Ce n'était déjà pas si facile de faire semblant de dormir, mais c'était absolument impossible de continuer à bouder ainsi pendant longtemps. Néanmoins, il n'avait aucun remords, — même pas celui de ne pas s'être levé, en homme bien élevé, pour saluer Mrs Pawle à son arrivée à la plage.

Au bout d'un instant, la jeune femme parla à voix basse :

— Alan !

Alan ne répondit pas. Il en voulait à Mrs Pawle et désirait qu'elle le sût. Cependant, au fond de son cœur, il était tout prêt à lui pardonner, si seulement elle voulait se montrer gentille avec lui, comme par le passé.

— Alan ! dit Mrs Pawle un peu plus fort.

Alan ne répondit encore pas.

— Voyons, Alan, je sais que vous ne dormez pas.

Et comme il ne savait pas mentir :

— Non, grogna-t-il.

Mrs Pawle riait doucement :

— Enfant gâté ! Vous êtes fâché parce que nous n'avons pas pu nous baigner ensemble !

Son rire était comme une caresse. Mais Alan repoussa toutes ses avances.

— Mais pas du tout, dit-il froidement.

— Alors pourquoi êtes-vous fâché ?

— Je ne suis pas fâché.

— Oh ! Alan ! Alors, est-ce à cause de cette ridicule partie de tennis ?

Alan se souleva sur son coude et regarda Mrs Pawle dans les yeux :

— Fred n'a pas été franc avec moi ! Il n'a pas joué *fair play*. Il a voulu me faire perdre. Il a été profondément injuste !

Sa figure grimaça comme s'il allait pleurer, ce qui provoqua chez Mrs Pawle un flot de douces paroles.

— Oh ! mon enfant ! mon pauvre cher enfant ! Il ne faut pas prendre ainsi les choses à cœur ! Ce n'était qu'un jeu. Rien de sérieux, voyons ! Je sais que Fred s'est mal conduit, mais il est comme cela ! Il prend souvent plaisir à tourmenter les gens, mais il ne faut pas y faire attention. Alan, mon cher ami, n'y pensez plus ! Dites-moi que vous n'y pensez plus !

Mrs Pawle se pencha vers lui, ses yeux pleins de tendresse et les lèvres entrouvertes comme pour sourire, l'éternelle attitude d'une femme prête à consoler par un baiser. Alan, comme un petit enfant, se laissa consoler, — et tout son chagrin s'apaisa. Il sourit tristement :

— J'ai peut-être exagéré un peu.

— Mon pauvre Alan !

— Je pensais même quitter votre maison et rentrer chez moi.

— Oh ! Alan, ne faites pas cela !

— Je commence à croire que Fred ne peut plus me supporter chez lui. Vous avez entendu la façon dont il m'a parlé tout à l'heure, parce que j'avais laissé ma cigarette allumée dans l'antichambre. On aurait pu croire vraiment que je voulais mettre le feu à la maison.

Maintenant qu'Alan avait commencé à s'expliquer, il ne voulait pas s'arrêter.

Mrs Pawle l'écoutait avec une sympathie grandissante. Comment avait-il pu douter d'elle ?

— Alan !

Mrs Pawle commença à faire un petit trou dans le sable avec le talon de son joli soulier.

— Alan, je devrais peut-être vous dire quelque chose au sujet de Fred.

— Oh ! oui, dit Alan, s'attendant à des grandes révélations.

Mrs Pawle paraissait embarrassée. Elle agrandit le trou, puis en fit un autre avec le bout de son ombrelle. Alan écouta, attendit ; il se sentait au bord d'importantes confidences. Elle leva la tête et regarda sérieusement Alan avec ses grands yeux gris-bleu.

— C'est un peu difficile à exprimer, dit-elle, je ne suis pas certaine de connaître mon mari à fond !

— Vraiment, répondit-il.

C'est le seul mot qui lui venait à la bouche, alors qu'il aurait voulu dire quelque chose à la hauteur de la conversation. D'une part, il était embarrassé, et, d'autre part, il aurait aimé à discuter la personnalité du docteur avec sa femme.

— Je ne sais même pas, continua-t-elle avec la même gravité, si lui-même me comprend.

La conversation prenait meilleure tournure.

— Eh bien ! Evelyn, s'écria-t-il, je suis absolument certain qu'il ne vous comprend pas. Vous n'avez pas les mêmes idées. Vous allez à l'église, il n'y va jamais. Vous êtes pieuse, lui ne l'est pas !

— Ceci me rappelle, dit Mrs Pawle, d'un ton plus enjoué, que vous devez faire pénitence pour votre accès de mauvaise humeur.

Et elle ajouta avec son joli sourire :

— Vous m'accompagnerez demain à l'église et vous irez aussi à confesse.

— C'est entendu, répondit Alan.

Il ne pensait ni à l'église, ni à l'idée de se confesser, qui lui souriait peu. Il pensait uniquement à faire plaisir à Mrs Pawle. Après tout, il lui devait bien cela. Il y eut une pause. Le fil de la conversation était rompu. Mrs Pawle baissa le bord de son grand chapeau qui ombrageait sa figure, et ses yeux pensifs regardaient la mer. Alan observa tous ses mouvements.

« Elle est vraiment jolie pour son âge », se disait-il. Et même son âge lui conférait de grands avantages. On pouvait causer avec une femme comme Mrs Pawle, autrement qu'avec une fille de l'âge de Kitten. Elle avait de l'expérience. Elle était intelligente, sensible, humaine !

— Mais non ! votre mari ne vous comprend pas ! s'écria tout d'un coup Alan. Je ne crois même pas qu'il vous apprécie à votre valeur !

Mrs Pawle se mit à rire. Alan avait parlé sans réfléchir. Il eut peur un instant que Mrs Pawle ne soit fâchée. Mais loin de là : elle paraissait ravie.

— Alan, mon cher ami, je ne sais pas si je devrais vous permettre de parler de la sorte de mon mari !

— Je vous dis ce que je pense, répondit Alan avec énergie, et vous savez bien que c'est la vérité !

Pour ne pas montrer à quel point il était ému, il arrangea les plis de son peignoir de bain, afin de se protéger du soleil. Mais quand il regarda à nouveau Mrs Pawle, son sourire avait disparu et son expression était redevenue sérieuse.

Elle se tourna vers lui :

— Vous vous marierez un jour, Alan. Je me demande si vous comprendrez votre femme. Tâchez de la comprendre, mon ami, elle sera tellement plus heureuse !

Tout d'un coup, Alan pensa que Mrs Pawle ne devait pas être heureuse en ménage. Il voulait lui demander si c'était vrai, mais il n'osa pas.

— Je crois que je comprendrai ma femme, dit-il un peu timidement. Il y a peut-être quelque chose d'un peu féminin en moi.

Alan n'avait jamais avoué cela à quelqu'un d'autre.

— C'est vrai, Alan, je l'ai remarqué tout de suite. De là vient que vous êtes si sensible, dit Mrs Pawle.

— N'est-ce pas ridicule chez un homme ?

— Pas du tout. Et cela doit vous être utile pour vos poèmes. Vous devez tellement mieux comprendre les femmes que la plupart des autres hommes.

— Vous croyez que je comprends bien les femmes ?

— Trop bien, peut-être, dit Mrs Pawle en souriant.

— Croyez-vous que je vous comprenne, Evelyn ?

— Oui, Alan. Et moi aussi je connais vos pensées.

Ils demeurèrent silencieux un moment. Alan pensa que c'était une chose rare et solennelle que deux êtres se comprennent aussi bien et puissent être aussi bons amis.

— Je suis désolé d'avoir été si grossier avec vous tout à l'heure, Evelyn.

Mrs Pawle se pencha en avant et serra la main du jeune homme sans mot dire. Alan nageait dans le ravissement.

— Evelyn, dit-il tout d'un coup, pourquoi ne venez-vous pas vous baigner avec moi, sans Fred ?

— Alan, je ne suis plus une jeune fille ; les gens pourraient faire des commérages, soupira Mrs Pawle.

— Et après ?

— Ce genre de chose peut faire beaucoup de tort à un médecin. Fred m'avait prévenue, afin que je sois très circonspecte avec vous.

— Circonspecte ?

— Oui, il ne faut pas que je sois vue seule avec vous.

— C'est stupide ! dit Alan vaguement flatté. Les commères du pays ont donc une bien mauvaise langue ?

— Très mauvaise, et elles voient de ces « rapprochements » partout.

— Est-ce si important ?

— Oui, dit Mrs Pawle en souriant, très important. Alan n'oublia jamais la conversation qui suivit.

III

« Ma chère petite Kitten, je suis désolé de ne pas t'avoir écrit depuis trois jours, mais je suis si occupé. Et puis je n'ai rien de bien nouveau à te dire, sauf que je t'aime, mais cela, tu le sais, n'est-ce pas, ma chérie ? J'ai été jouer au tennis chez tes amies Fiske. Elles sont très gentilles, mais pas du tout mon genre. Nous avons beaucoup parlé de toi et de ta venue parmi nous. J'espère que ce sera bientôt. Ce soir, il y a des invités pour le dîner. »

Alan posa son stylo et regarda par la fenêtre. Ce matin il aurait dû lire *Œdipe à Colone.* Mais Sophocle s'harmonisait bien mal avec cette merveilleuse matinée. Le radieux soleil d'août illuminait le jardin. Une abeille entra par la fenêtre en bourdonnant, fit un tour dans la chambre et s'envola comme elle était venue. Que diable pouvait-il encore raconter à Kathleen ? Le seul sujet qui l'intéressait vraiment, il ne pouvait le confier à la jeune fille ; elle n'aurait pas compris.

Il repoussa la feuille de papier à lettre et en prit une autre.

« Cher vieux Piggy,

« Comment vas-tu ? Si mes calculs sont justes, tu dois partir d'ici deux jours avec Jerry. N'oublie pas de m'envoyer les cartes postales d'usage. Je ne sais plus si je suis fâché ou non de ne pas aller avec vous. Ce n'est vraiment pas mal ici. Je suis bien tombé. Il y a le docteur qui est un peu piqué, mais un très brave type, ce qu'on fait de mieux dans le genre toubib de province, et sa femme. Je les aime beaucoup tous les deux et les appelle déjà par leur nom. Sa femme est d'ailleurs remarquable, surtout pour ce patelin perdu : elle est d'abord rudement jolie et, de plus, extraordinairement intelligente. Nous avons de longues discussions sur tous les sujets. Hier après-midi nous avons beaucoup parlé des rapports sexuels. C'est intéressant d'avoir le point de vue féminin. Certaines de mes idées ont besoin de réformes, notamment en ce qui concerne la religion. Mrs Pawle est très pieuse, et cela paraît lui avoir été d'un précieux secours dans une vie pas tous les jours drôle, d'après ce que j'ai compris. C'est une étrange chose que de discuter des rapports sexuels avec une femme. Je n'aurais pu croire que cela pût être aussi sincère et aussi naturel. Mais Mrs Pawle, contrairement aux autres femmes, sait rester dans l'abstrait, Dieu merci. Elle a même été jusqu'à me conseiller, très vivement et avec beaucoup de tact, de ne pas faire mes premières armes avec une prostituée, mais d'attendre que quelqu'un, pour qui j'aie vraiment de l'estime, veuille bien me montrer le chemin. Elle croit que c'est très mauvais pour un jeune homme d'avoir sa première expérience sans amour véritable, parce que c'est la fusion de l'amour spirituel et de l'amour physique qui en fait une chose unique ; et que l'un n'est rien sans l'autre. Tu vois quel bon sens elle a. J'espère que Jerry et toi, vous pourrez la connaître un jour. Elle aurait certainement de l'influence sur vous comme elle en a sur moi. Naturellement, il n'y a aucun flirt entre nous, — elle n'est pas ce genre-là, — bien qu'elle soit ravissante. En tout cas, elle est une compagne délicieuse.

« Elle n'est pas bas-bleu, au contraire, elle est enjouée, rieuse, et adore s'amuser. Mais ce qui me plaît le plus en elle, c'est qu'elle est absolument naturelle, et tu sais combien j'apprécie l'honnêteté sous toutes ses formes et surtout la sincérité intellectuelle.

« Assez parlé de moi maintenant. Que deviens-tu depuis que nous avons tous été dispersés par les vacances ? En parfaite santé, j'espère, et jouant au cricket dans ton village. Donne-moi des nouvelles du grand match, lorsqu'il aura eu lieu.

« A toi. « A. L. »

Alan tira l'autre lettre, celle qu'il avait écrite précédemment et griffonna rapidement quelques mots pour la terminer.

« Oh ! zut ! voilà la cloche du déjeuner. Je n'aurai plus le temps après de terminer celle-ci comme j'aurais voulu. Je la mets donc tout de suite à la poste, pour que tu la reçoives plus vite.

« Beaucoup, beaucoup d'amour pour toi, Kitten, en vérité tout mon amour.

« Ton Alan. »

Il mit les deux lettres sous enveloppe, les cacheta, les timbra, y mit les adresses. Puis il regarda le jardin par la fenêtre grande ouverte. Mrs Pawle y cueillait des roses. Elle allait et venait, avec une grâce incomparable. Les feuilles des arbres mettaient comme des dessins bleutés sur sa fraîche robe blanche. Il sentit soudain que la description qu'il avait faite de son hôtesse dans sa lettre à Piggy était incomplète. Voyons, que manquait-il à ce compte rendu ? Tout d'un coup, Alan se rendit compte. Il avait écrit à Piggy que Mrs Pawle était une femme exceptionnelle. Eh bien ! non, ce n'était pas cela. Mrs Pawle n'était pas seulement exceptionnelle. Elle était unique ! Il n'y avait pas une femme comme elle au monde.

CHAPITRE VI

I

Seaport était une plage élégante et exclusive, elle en était fière, et devant presque tous les hôtels il y avait des pancartes portant la formule : « Les cars ne sont pas admis. »

Sambourne, faubourg de Seaport, était la digne fille d'une mère aussi aristocratique. Le village était coupé par la Grande Rue qui le partageait dans toute sa longueur. Au dehors du village, il y avait le pré communal où moutons et chèvres prenaient leurs ébats. Au-delà du pré une route plus petite était bordée d'élégantes villas datant du roi Georges III et de la reine Victoria. Et c'est sur cette route que s'élevait aussi la maison des Pawle. La présentation officielle d'Alan à la société de Sambourne n'eut lieu qu'après un séjour de quinze jours. Les Fiske habitaient près de Seaport et n'étaient pas considérés comme des ressortissants de Sambourne. Treize jours exactement après son arrivée, Alan fut emmené par Mrs Pawle chez les Tyndrum.

Les Tyndrum habitaient l'une des plus belles maisons de Sambourne. Elles étaient deux vieilles filles, « de vrais phénomènes », dit Mrs Pawle. Elles étaient écossaises, terriblement originales, et jouissaient néanmoins d'une inexplicable considération dans tout le village. Ces demoiselles avaient l'habitude de faire leurs bagages et de disparaître subitement au moment où l'on s'y attendait le moins. D'ailleurs elles n'étaient pas éclectiques dans le choix de leurs voyages : Paris ou la brousse africaine, peu importait. Mais une fois arrivées à leur but, elles ne se contentaient pas de regarder le paysage comme n'importe quel touriste bien élevé ; non, il fallait qu'elles s'établissent de façon ou d'autre. Et elles s'établissaient de façon fantastique. Une fois elles avaient installé une fabrique de bougies au Thibet ; la fabrique avait, bien entendu, fait faillite, mais les Tyndrum n'étaient pas déconcertées pour si peu ; elles avaient encore de l'argent et partaient de leur pied léger acheter un ranch au Canada.

Jusqu'à il y avait deux ans les Tyndrum avaient arpenté le globe comme de joyeuses Walkyries, revenant toujours à Sambourne. Mais, au grand effarement des populations, une fois elles avaient ramené un mari d'une croisière dans l'Océan Arctique. Il faut dire « un mari », car peu de gens à Sambourne savaient de laquelle de ces demoiselles, Helena ou Catrina, le nouvel arrivant était l'heureux époux. Mais les Tyndrum continuaient leur vie habituelle, avec le mari trottant à leurs côtés comme un caniche heureux.

Alan avait appris tout cela de Mrs Pawle sur le chemin conduisant à la maison des « phénomènes ».

Mrs Pawle et Alan furent reçus dans un petit salon donnant sur le jardin : un magnifique jardin, plein de plantes exotiques, qu'Alan contempla comme un dérivatif à l'exubérance de ses hôtes. Au début, Alan fut complètement ahuri. Le petit salon semblait rempli de Tyndrum en robes imprimées de couleurs vives et poussant des cris joyeux et exclamatifs. Alan s'assit avec un sourire figé et répondit par des murmures inintelligibles aux exclamations qui paraissaient lui être adressées. D'ailleurs les Tyndrum n'attendaient jamais les réponses. Elles avaient un tour de conversation uniquement exclamatoire :

— Asseyez-vous ici, Evelyn !

— Non, Evelyn s'assiéra là !

— Mr Littlewood pourra se mettre là !

— Où est Théodore ?

— Je lui ai dit de venir !

— Evelyn, nous ne vous avons pas vue depuis notre retour du Siam !

— Aimez-vous nos robes ?

— Nous les avons faites nous-mêmes !

— Comment va Fred ?

— Ma chère, vous ne devriez vraiment pas lui laisser mettre pareils chapeaux !

— C'est nous qui choisissons toujours les chapeaux de Théodore !

Pendant tout ce temps, Alan admirait Mrs Pawle qui secouait gracieusement la tête en manière d'approbation. Alan envia son calme. Puis il observa que la porte s'ouvrait doucement. Un petit homme chauve portant un veston bleu et des pantalons blancs se glissa dans la pièce. Il arrivait à la hauteur de l'épaule d'une des Tyndrum et aurait tenu deux fois dans une des robes imprimées. Il fut accueilli par une fusillade d'exclamations :

— Théodore !

— *D'où* venez-vous ?

— Il n'a pas mis ses belles chaussures !

— C'est vrai ! Vous êtes d'une impudence, Théodore !

— Allez changer tout de suite !

— Il les a achetées lui-même ! expliqua l'une des dames à Alan.

Théodore s'excusa en disant qu'il était dans la bibliothèque. Le petit homme parlait très lentement avec un accent extraordinaire. Alan l'écoutait, fasciné. Puis les Tyndrum décidèrent de montrer le jardin à leurs invités avant le thé. Les trois femmes ouvrirent la marche. Mrs Pawle paraissait si exquisement féminine à côté des deux dragons Tyndrum, pensa Alan.

Alan et Théodore formèrent l'arrière-garde. Tous les trois pas, Théodore s'arrêtait pour faire un cours succinct sur chaque espèce florale qu'ils rencontraient. Alan gagna à jamais la sympathie de la famille Tyndrum en identifiant une qualité de roses devant laquelle même Théodore s'était révélé ignorant :

— C'est une « Madame Jules Bouche », déclara Alan d'une voix forte et ferme.

Il oubliait de dire que c'était la seule rose qui avait bien voulu s'acclimater dans le triste jardin de sa mère...

Ces dames se récrièrent d'admiration :

— Une « Madame Jules Bouche » naturellement ! Elles s'en souvenaient maintenant ! Pourquoi est-ce que Théodore ne s'en était pas souvenu ? Mr Littlewood était *vraiment* très fort !

Tous considérèrent Alan avec respect. Très flatté, Alan se mit à badiner avec ces formidables créatures. Finalement il s'amusa beaucoup au fameux goûter. Au moment de partir il lui sembla avoir connu les Tyndrum depuis très longtemps, et il ressentait un affectueux mépris pour Théodore. A la dernière minute Mrs Pawle commit l'imprudence de leur demander si elles avaient l'intention de demeurer cet hiver en Angleterre. Ces dames opposèrent des dénégations aussi véhémentes qu'exclamatoires à une pareille question :

— Mais, ma chère, vous *savez* que Théodore ne *peut* pas passer *l'hiver* ici.

— Il refuse péremptoirement de demeurer en Angleterre au-delà du mois d'octobre !

— Il veut aller à Madagascar cette année !

— Oui, nous emmenons Théodore à Madagascar !

— Dites à Fred de vous laisser venir avec nous, Evelyn !

Par miracle le jet continu s'arrêta un instant, et Mrs Pawle put répondre :

— Jamais je ne pourrai persuader Fred de faire une chose pareille.

— Ma pauvre enfant, vous vous débrouillez très mal avec votre mari. Nous, nous avons mieux dressé notre Théodore, n'est-ce pas, Helena ?

Flanqué de ses deux grenadiers, Théodore regarda Alan avec envie et sourit vaguement.

II

Alan plut aux Tyndrum. Elles le dirent à Mrs Pawle et lui demandèrent de le ramener avec elle chaque fois qu'elle irait les voir.

Mrs Pawle était ravie de la bonne impression produite par son protégé.

— Si vous leur plaisez, c'est l'essentiel, dit-elle à Alan ; peu importe ce que pensent les autres, elles sont les personnes influentes du pays.

— Elles sont charmantes, accorda Alan, très originales. Mais Théodore est vraiment un peu ramolli. Elles le traitent comme un petit chien ; je m'attendais à chaque instant à ce qu'il fasse le beau.

— Alan, dit Mrs Pawle en hochant la tête, vous devez apprendre à ne pas juger les gens sur la mine. Les premières impressions sont si trompeuses. Théodore est loin d'être une nullité.

— Non ? dit Alan surpris.

— Pas du tout, il a même joué un rôle important dans la diplomatie.

— En tous les cas, maintenant il est complètement abruti.

— Mais non, au fond, c'est Théodore qui mène la maison. Ainsi, c'est lui qui veut aller à Madagascar.

— Triomphe de la résistance passive, alors ! dit Alan en riant.

Alan adopta le jugement de Mrs Pawle sur Théodore. Il avait d'ailleurs tendance à adopter tous les jugements de sa gracieuse hôtesse comme des axiomes. Ainsi, pour les Dove-Dulverton, Alan n'avait jamais douté de leur bassesse depuis que Mrs Pawle lui en avait parlé. Mr Dove-Dulverton, qui était médecin, avait eu l'incroyable audace de s'installer à Sambourne, où, depuis des temps immémoriaux, un seul médecin exerçait et suffisait d'ailleurs amplement. Le docteur Pawle, digne héritier d'une lignée de médecins de Sambourne, s'était senti violemment offensé à l'apparition de son confrère. Une guerre sourde avait été engagée, qui durait toujours. Quant à Mrs Dove-Dulverton, elle était absolument infréquentable et sortait on ne sait d'où. Et puis, concluait Mrs Pawle, sans logique apparente, on ne s'appelle pas Dove-Dulverton ! Quant aux James Pillington, c'était une autre affaire. Les Pillington étaient de vieux amis. Alan avait fait leur connaissance à un dîner chez les Pawle. Ils étaient très gentils, bien qu'un peu sombres. Alan, dans son for intérieur, les avait trouvés complètement idiots. Leur fille Marjorie, disait Mrs Pawle, ne tirait pas le meilleur parti d'elle-même. Alan accorda qu'elle aurait pu certainement se rendre plus jolie. Néanmoins, ajoutait Mrs Pawle, elle pouvait contenter un goût rustique. Alan la voyait très bien avec un gentilhomme campagnard. Marjorie était une très brave fille, très vertueuse, ainsi en avait décidé Mrs Pawle. Alan se demanda si c'était un compliment ou une critique... De toute façon il était content d'avoir quelques précisions sur les indigènes du pays.

III

Alan se plut à sa première confession, et il ne se le dissimula pas. Il en sortit, l'âme singulièrement purgée et rappropriée ; et c'était d'autant plus étrange qu'il n'avait pas la foi. Mrs Pawle l'avait préparé à l'avance à cette cérémonie, et, avec elle, Alan avait fait la liste de ses péchés. Il avait même été surpris de ce qu'elle était si longue. Il y avait d'abord l'orgueil, puis le fait de ne pas aller à l'église, sa fierté, ses colères. Il pensait trop à lui, pas assez aux autres. Il tournait en dérision les objets sacrés ; il méprisait les gens qui lui étaient intellectuellement inférieurs. Il n'aimait pas assez sa famille. Et que d'autres péchés il avait encore sur la conscience ! Mrs Pawle et Alan les discutaient tout au long. Ce dernier était étonné et gratifié à la fois d'apprendre combien son âme était lourdement chargée. On ajouta à la liste : la gourmandise, un goût un peu prononcé pour certaines boissons fortes, et l'esprit de caste très exclusif de l'Université d'Oxford.

La veille de la cérémonie on lui intima l'ordre de monter dans sa chambre une heure plus tôt que d'habitude, afin de méditer longuement sur ses innombrables forfaits. Alan obéit, mais il ne pensa qu'à Mrs Pawle.

Le lendemain, presque converti, il prit l'omnibus pour Seaport avec son hôtesse. Le matin, au petit déjeuner, Mrs Pawle avait informé son mari qu'elle se rendait à Seaport pour faire quelques achats dans les magasins, et Alan fut ravi de partager ce petit secret avec elle. Il lui semblait que, même innocemment, il contribuait à tromper le mari !

Dans le car, Alan demanda à sa compagne si elle comptait se confesser de ce dernier petit mensonge. Mais elle prit la chose très au sérieux.

— Ce n'est pas un mensonge, mon cher ami. Je vais en effet faire des achats, — et vous pouvez être certain que j'achèterai quelque chose, et de cette façon je n'aurai pas menti. Ne croyez pas que je prenne la chose si légèrement.

Et Alan, impressionné par la gravité de son discours, se le tint pour dit.

Mais ce furent les seules paroles sérieuses qu'elle prononça pendant le voyage. Tout le reste du temps elle plaisanta et bavarda gaiement.

Par contre, Alan était de moins en moins à son aise, et, bien avant d'arriver à l'église, il regretta l'aventure dans laquelle il s'était embarqué. Pourquoi avait-il promis de se confesser, lui qui n'était pas croyant ? Quel intérêt pouvaient avoir les petites histoires qu'il raconterait tout à l'heure à quelque prêtre gros et gras.

Comme ils arrivaient à l'intérieur de l'église et se

frayaient un chemin dans l'obscurité chargée d'encens vers l'endroit où se tenait le confesseur particulier de Mrs Pawle, Alan se demanda désespérément comment il pourrait s'en sortir. Il ne savait pas comment se tenir dans une église. Il pensait même que les fidèles le regardaient avec hostilité, et fut tout étonné de voir que personne ne faisait attention à lui. Mrs Pawle, à genoux près de lui, priait le plus gracieusement du monde ; du moins Alan pensa qu'elle priait. Il songea qu'il ferait mieux, lui aussi, de rester à genoux, mais cette position, inusitée pour lui, le fatiguait terriblement. Mrs Pawle se tourna vers lui en souriant. Alan lui répondit par un affreux rictus.

— Il y a toujours beaucoup de monde pour le P. Jevone, chuchota-t-elle. Je crois que nous aurons une bonne demi-heure à attendre.

Alan gémit mentalement. Mais ils n'attendirent pas plus de vingt minutes. Puis ce fut leur tour.

— J'irai d'abord, murmura Mrs Pawle, ce sera mieux ainsi.

Alan acquiesça, et vit son amie disparaître dans la resserre à rideaux, où se cachait cet être « moins que Dieu et plus qu'un homme » qui devait le juger tout à l'heure. Alan était à la fois exaspéré et un peu craintif. Mrs Pawle, à son avis, resta très longtemps au confessionnal. Que pouvait-elle donc avoir à avouer, pour un être à la vie aussi irréprochable ? Il n'osa pas le lui demander, et elle-même n'offrit aucune explication à ce sujet. Enfin elle émergea de sa cachette, gracieuse et souriante, et fit signe à Alan d'aller prendre sa place. Il s'y rendit péniblement et se trouva devant une grille, et un petit coussin sur lequel il dut s'agenouiller. Furieux il commença :

— Je suis très paresseux, je déteste me lever de bonne heure le matin. Je suis gourmand, je mange de trop, je bois de trop, et par trois fois je me suis enivré. J'ai mauvais caractère. Je déteste perdre au jeu. Je...

— Oh ! interrompit une voix amusée de l'autre côté de la grille. Il me semble que vous êtes un jeune homme plein de défauts ! Y en a-t-il encore beaucoup à énoncer « comme ceux-là » ?

Alan regarda la liste ; elle était encore longue. Il n'en avait pas dit la moitié.

— Oui, beaucoup, répondit-il, un peu surpris.

Il ne s'attendait pas à être interrompu par le prêtre et surtout un prêtre qui paraissait s'amuser.

— Le même genre de péchés ? demanda-t-il.

— Oui.

— Eh bien ! continuons ; — mais, dites-moi, est-ce votre première confession ?

— Oui.

— Et vous trouvez au fond de vous-même que c'est un peu bête de raconter toutes ces futilités à un étranger.

— Oui..., je pense, dit Alan, commençant à trouver cette conversation très intéressante, bien que pas très orthodoxe. Mais trouvez-vous vraiment mes péchés des futilités ?

— Mais, certainement, répondit le prêtre, ce sont les petits méfaits de tous les jours, qu'on ne peut même pas appeler des péchés. Mais quelqu'un a dû vous aider à préparer votre confession, n'est-ce pas ?

— Oui, en effet, j'ai été aidé.

— C'est tout naturel. Mais, dites-moi, jeune homme, avez-vous quelque chose d'un peu plus grave sur la conscience ? Quelque chose que vous n'avez pas dit à cette personne ? Quelque chose qui vous tourmente encore maintenant ? Car vous avez à présent la chance de pouvoir l'avouer.

Avant même de savoir ce qu'il disait ni ce qu'il pensait, Alan s'écria avec reconnaissance :

— Oh ! mon Père ! j'ai triché une fois au jeu à Oxford !

— Vous jouiez pour de l'argent ?

— Oui, répondit Alan avec un soulagement extraordinaire.

— Pour plus d'argent que vous ne pouviez disposer ? demanda le prêtre.

— Non, je pouvais facilement disposer de cette somme, et cela rend la chose encore plus laide !

— Est-ce que les autres joueurs s'en sont aperçus ?

— Non.

— Alors personne n'en a jamais rien su ?

— Personne.

— Cela vous a tourmenté depuis ?

— Terriblement et presque chaque jour !

— Eh bien ! nous avons la certitude que vous ne recommencerez jamais. Vous avez agi sans aucun discernement. Si cela avait été découvert, je n'ai pas besoin de vous dire que dans notre société les conséquences d'une pareille chose sont bien plus terribles que le crime lui-même ne le mérite. Sans doute vous vous en êtes honnêtement repenti ?

— Oui, murmura Alan très ému.

— Eh bien ! vous verrez que ce sera pour vous un grand soulagement de vous être confessé. Votre péché est effacé et vous ne recommencerez jamais une chose pareille, j'en ai la conviction. Néanmoins, pour votre satisfaction personnelle, vous ferez pénitence. Vous resterez encore quelques instants dans l'église et vous réciterez trois *Pater* et le cinquante et unième psaume. J'espère que vous reviendrez de temps en temps au confessionnal. C'est le meilleur tonique de l'âme. Mais ne vous fabriquez plus de péchés. Et ne permettez à personne de les fabriquer pour vous.

— Je vous le promets, mon Père, dit Alan en souriant à la grille.

— Et maintenant je vous donne l'absolution.

Alan rejoignit Mrs Pawle. Il se sentait ému et heureux. Il s'agenouilla, cette fois, sans ressentir la moindre fatigue ; auprès d'elle, la pénitence lui parut plus légère.

Comme ils sortaient de l'église, Mrs Pawle lui serra affectueusement le bras.

— Qu'avez-vous eu ? demanda-t-elle.

— Comment ?

— Oui ! quelle pénitence ?

— Oh ! dit Alan, trois *Pater* et un psaume.

Mrs Pawle fit une petite moue.

— Eh bien ! moi, j'ai eu trois *Pater* et trois psaumes.

— C'est que vous avez évidemment péché trois fois plus que moi !

Mais l'expression de la jeune femme était redevenue sérieuse.

— Voyez, Alan, j'ai quelque chose pour vous.

Elle plongea la main dans son sac et en tira un petit carton.

— Ne l'ouvrez pas maintenant, dit-elle. Ce sont deux médailles sur une chaîne : saint Antoine et saint Pierre. Vous les porterez, Alan, n'est-ce pas ?

— Je les porterai avec plaisir, mais quelles sont leurs propriétés ?

Mrs Pawle sourit, heureuse de la conversion d'Alan. Il était son néophyte à elle. Et elle en était fière.

— Si vous portez la médaille d'un saint, cela vous donne un droit sur lui, doublement si vous en portez deux. Vous pouvez vous adresser à eux par la prière. Ils vous protégeront et vous garderont sain et sauf.

Puis ils entrèrent au café Violette et goûtèrent confortablement de café au lait, de crème et de brioches. Il jeta un coup d'œil circulaire dans la salle, afin de se rendre compte que personne ne le regardait, ouvrit le petit carton sous la table et regarda les médailles. Puis ils causèrent encore, et avec tant d'animation qu'ils oublièrent l'heure, et Mrs Pawle eut juste le temps de se précipiter dans une mercerie et d'acheter une bobine de soie, afin de ne pas être obligée de mentir à son mari lorsqu'elle rentrerait chez elle.

CHAPITRE VII

I

Kathleen arriva à Seaport. Elle était invitée par les Fiske et devait passer une semaine chez eux. Alan regretta de ne pas se sentir aussi joyeux qu'il aurait dû l'être. Il alla à la rencontre de son amie à la gare de Seaport, avec deux des jeunes filles Fiske. Les deux autres devaient aussi être avec eux, mais, à la dernière minute, ces jeunes agitées s'étaient précipitées hors de la gare, prétextant une course incompréhensible, et Alan et sa compagne ne les avaient plus revues. Dorothy Fiske et Kathleen témoignèrent une joie si bruyante de se retrouver qu'Alan passa presque inaperçu. Il lui dit par deux fois : « Hullo, Kitten », mais après lui avoir adressé un radieux sourire, Kathleen n'eut d'yeux que pour Dorothy. Ce fut Alan qui trouva un porteur. Et même ce fait, sans précédent à la gare de Seaport, passa presque inaperçu. Kathleen et les demoiselles Fiske trouvant tout naturel qu'Alan s'occupât de choses ennuyeuses, telles que le porteur et le taxi. Et encore il eut beaucoup de mal à hisser ces demoiselles dans la voiture, tellement leur conversation était bruyante et absorbante. Les trois jeunes filles s'installèrent dans le fond, et Alan, sur le strapontin, se demandait non sans inquiétude ce qu'allait coûter la course. Les finances Littlewood étaient si basses qu'Alan était dans un état d'anxiété perpétuel au sujet de toutes dépenses grandes ou petites.

Cette fois-ci, il fut sauvé. Le colonel Fiske, toujours timide et embarrassé, rentrant chez lui en même temps que ses invités, se précipita pour régler le chauffeur. Alan resta pour le thé. Mais il ne s'amusa pas. D'abord il y avait trop de Fiske. Puis Kathleen et Dorothy n'en finissaient plus d'évoquer leurs souvenirs de pensionnat, qui n'avaient absolument aucun intérêt pour le reste de la société. Mais le pire pour Alan était la façon dont tous les Fiske le traitèrent : en amoureux accrédité de Kathleen. Les sœurs Fiske lui lancèrent des coups d'œil complices. Mrs Fiske lui souriait avec bienveillance, et même le colonel lui envoyait un mélancolique regard de compréhension, ayant l'air de lui dire : « Nous sommes tous deux de malheureux hommes, accablés par l'exubérance de notre entourage féminin. » Il n'y avait que Kathleen, toujours absorbée par Dorothy, qui ne faisait aucune attention à lui. Alan souhaitait vivement d'être de retour à Silverdale, dans la belle maison tranquille et bien ordonnée.

Mais, même là, l'atmosphère des Fiske le poursuivit encore. Lorsqu'il arriva à bicyclette à Silverdale, juste à temps pour s'habiller, car il dînait ce soir-là chez les Fiske, Mrs Pawle l'accueillit avec le même petit regard de complicité :

— Eh bien ! Alan, tout va bien ?

— Très bien, merci, répondit Alan rougissant et furieux.

— Voulez-vous un coktail avant de repartir ?

— Oh ! je veux bien, répondit-il avec empressement. Je trouve l'atmosphère chez les Fiske vraiment accablante !

Tous deux se mirent à rire et la bonne humeur d'Alan revint aussitôt.

II

Ce soir-là, au dîner, Mrs Fiske décida qu'Alan et Kathleen feraient le lendemain une « promenade sentimentale » tous les deux et tout seuls. Alan aurait autant aimé l'expression « promenade » tout court. Mais Mrs Fiske tenait à la « promenade sentimentale ». Donc, le lendemain, selon les ordres qui lui furent donnés, Alan alla chercher Kathleen à 3 heures de l'après-midi, et tous deux partirent pour la « promenade sentimentale ». En fait de « sentiments », la première idée d'Alan fut de marcher très vite, afin de mettre le plus de terrain possible entre les Fiske et lui, et ce ne fut que lorsqu'il eut mis environ un kilomètre entre lui-même et la jeune Kathleen, tout essoufflée, qu'Alan se sentit en sécurité contre une invasion d'un membre quelconque de cette encombrante famille. Alors il ralentit le pas, prit le bras de Kathleen, et se rendit compte qu'il était enfin seul avec sa petite Kitten chérie, et que, par conséquent, il devait être extrêmement heureux.

Comme il prenait son bras, Kathleen fit la moue.

— Je ne sais pas si je dois te le permettre.

— Me permettre quoi ?

— Mais de prendre mon bras.

— Oh ! bien, la route est un peu dure, mais à nous deux nous y arriverons.

Il avait juste dit ce qu'il ne fallait pas dire, et Kitten retira brusquement son bras.

— Ce n'est pas cela que je voulais dire.

Alan se rendit compte qu'elle voulait faire l'enfant gâtée et qu'il fallait être à la hauteur.

— Alors, que voulais-tu dire, Kitten ?

— Je voulais te dire que je trouve que tu n'as fait aucune attention à moi depuis que je suis arrivée.

— Je n'en ai pas eu l'occasion. Trop de Fiske autour de toi, ma chère.

— Les Fiske ont été très aimables de m'inviter chez eux !

— Oh ! absolument !

— Il faut donc que je sois polie avec eux.

— Mais naturellement !

— Mais alors ?

— Mais alors, répliqua vivement Alan, tu aurais pu avoir l'air de savoir que j'étais là. Je crois que tu ne m'as pas adressé la parole deux fois pendant toute la soirée !

A sa grande surprise, Kathleen se sait de son bras et le serra violemment.

— Mon pauvre chéri ! s'écria-t-elle. Je ne suis qu'une sotte ! Et dire que je ne t'ai même pas demandé des nouvelles de ton vieux poumon ! Au fait, comment va-t-il ?

— Mieux, je crois.

— J'ai eu bien peur pour toi.

— Je n'y fais même plus attention ; je joue au tennis et mène une vie absolument normale.

— Mon chéri, dit-elle, tu ne vas pas mourir, n'est-ce pas ?

Alan éclata de rire.

— Petite Kitten ! Petite sotte !

— Non, mais vraiment, chéri, tu ne vas pas mourir ?

— Eh bien ! pour te faire plaisir, Kitten, je ne mourrai pas !

— Et maintenant ne marchons plus, dit Kathleen. Ta petite Kitten veut qu'on l'embrasse beaucoup, beaucoup, beaucoup ! Et elle fera « ronron ». Ils trouvèrent un petit buisson de genêts au pied duquel ils s'assirent en regardant la mer. Alan embrassa Kathleen beaucoup, beaucoup, beaucoup, et elle dit « ronron ».

Alan se sentait mieux. Kathleen était une charmante enfant. Elle avait bien ses petites manières. Elle était quelquefois un peu sotte, mais toutes les filles le sont, n'est-ce pas ? Elle était agréable à embrasser, avec ses joues lisses et ses douces lèvres offertes à lui. Et ce jour-là elle était vraiment particulièrement jolie ; ses boucles brunes étaient rehaussées par un grand chapeau en paillasson rouge, et son jeune corps souple était gainé de soie blanche. C'était flatteur pour lui la façon dont cette jolie fille se comportait à son égard. Indubitablement, Kathleen l'aimait. Et lui ? Oh ! il l'aimait bien aussi. Oui, il l'aimait beaucoup.

Au bout d'un quart d'heure, Alan trouvait toujours Kathleen très agréable à embrasser. Mais qu'y avait-il donc ? Pas excitante ! La sensation physique d'avoir sa joue contre la sienne était agréable, mais rien de plus, et cela ne l'amenait à rien ! Oui, Kathleen était une charmante enfant, — mais ce n'était pas une enfant, — et ses petites manies et ses « ronrons » devenaient monotones à la longue. Au bout de dix minutes encore, Alan sentit qu'il n'en pouvait plus. Il avait chaud, le bras qui tenait Kathleen serrée auprès de lui lui faisait mal. Alors, sous prétexte de prendre son mouchoir, il se dégagea doucement. Il s'essuya le front et puis se coucha sur le dos.

— Causons maintenant, Kitten. Qu'as-tu fait depuis que je t'ai quittée ?

Mais Kathleen ne paraissait pas avoir grand-chose à dire. Autrefois, leurs conversations duraient des heures. Mais, aujourd'hui, ce n'était plus pareil. Qu'avait-elle à lui raconter ? Elle n'avait pas fait grand-chose depuis le départ d'Alan. Elle n'avait pas revu leurs amis. Elle n'avait pas été au tournoi de tennis d'Elmsford. C'était trop ennuyeux. Son père et sa mère se portaient bien.

En désespoir de cause, Alan se mit à parler de n'importe quoi. Il eût tout fait pour éviter de nouveaux contacts avec elle. Mais Kathleen paraissait, au contraire, souhaiter ce contact. Se soulevant sous son coude, elle se mit à embrasser le bout de son nez de façon de plus en plus enveloppante.

Alan, obligé de respirer par la bouche, se laissa faire pendant quelques instants. Puis, n'y tenant plus, se mit debout en disant qu'il fallait chercher un endroit pour prendre le thé. A 6 heures du soir, Alan put enfin, sans paraître impoli, rendre Kathleen à la famille Fiske. Il était mort de fatigue. Kathleen était une charmante enfant, mais, Dieu ! qu'elle était fatigante !

— Il faut, vraiment, que je lui apprenne, se dit-il, à être plus discrète et à ne pas m'embrasser tout le temps ! Elle est insatiable de caresses. Il y a vraiment un moment où le charme devient affectation, et il faut qu'elle le sache.

Elle l'avait agacé, mais il savait très bien que c'était de sa faute à lui, et non pas celle de Kathleen. C'était toujours ce sentiment de supériorité qu'il avait à son égard ! Et pourquoi ? N'étaient-ils donc pas égaux ? En franchissant les grilles de Silverdale, Alan se persuada que Kathleen était un ange et qu'il ne méritait pas d'être aimé à ce point. Néanmoins jamais la maison des Pawle ne lui avait paru aussi accueillante.

III

Le lendemain, Alan ne revit Kathleen que le soir. Elle et Dorothy Fiske devaient dîner à Silverdale, ainsi qu'un jeune homme nommé Michael Frost. Alan regrettait que Michael Frost ait été invité ; il avait espéré être le seul garçon pour les deux jeunes filles. Mais il ne montra pas son dépit. Michael Frost était encore à l'école de Winchester. Mrs Pawle le trouvait très intelligent. Elle avait prié Alan d'être prêt de bonne heure et d'attendre les invités au salon, elle-même devant être légèrement en retard, et de demander les cocktails aussitôt leur arrivée.

Michael Frost arriva le premier.

— Mr Frost, annonça Steadman, la femme de chambre.

Et un grand jeune homme, un peu dégingandé, avec une grosse tête, fit son entrée dans le salon.

— Comment allez-vous ? fit Alan, poliment.

Etant d'Oxford, il ne tendit pas la main au nouveau venu. Et celui-ci, étant de Winchester, ne parut pas s'y attendre.

— Je crois que je suis en avance, dit Frost, cherchant la maîtresse de maison.

— En réalité, répondit Alan avec l'aisance d'un universitaire s'adressant à un collégien, vous êtes tout à fait à l'heure. Mrs Pawle descend tout de suite. Je vais demander les cocktails.

Cela lui faisait plaisir de recevoir cet étranger dans le salon de Mrs Pawle, de sonner pour les cocktails. Il se sentait tout à fait chez lui, maintenant, à Silverdale, et cela l'amusait de jouer au maître de maison, ne fût-ce qu'un instant.

— Mais, dit-il, je ferai tout de même bien de me présenter. Mon nom est Littlewood.

— Ah ! oui, j'ai déjà entendu parler de vous.

Et Frost se laissa confortablement tomber dans un fauteuil. Alan le regarda sans aménité. En présence d'un ami, il aurait vraiment pu attendre qu'on l'invitât à s'asseoir. Il faisait un peu trop comme chez lui. Et puis il portait une chemise molle avec un smoking. Quelle faute de goût ! du haut de sa supériorité amidonnée, Alan, l'air austère, offrit une cigarette à l'invité. Le jeune homme l'accepta nonchalamment et attendit qu'Alan lui offrît aussi une allumette. Puis il dit :

— Vous êtes à Oxford, n'est-ce pas ? J'y vais aussi à la rentrée d'octobre. J'entre à Balliol.

— Vous avez donc quitté Winchester ?

— Oui, Dieu merci, répondit simplement Mr Frost.

— Moi aussi j'étais ravi lorsque j'ai quitté le collège pour l'université, dit Alan en souriant à ses lointains souvenirs. Les cocktails arrivèrent enfin, portés par Steadman sur un plateau d'argent. Alan en versa deux.

— A la santé de Balliol, l'école de l'élite d'Oxford !

— Merci, dit Frost. Et vous, quelle est votre école ?

— Corpus.

— Ah !

A ce moment précis, Mrs Pawle fit son apparition, habillée à ravir dans un nuage de tulle gris perle. Elle salua Frost avec autant d'affection que si elle l'avait connu au berceau, et prit un cocktail des mains d'Alan.

— A propos, Michael, dit-elle, je crois que je ne vous ai pas encore félicité sur vos grands succès et la brillante réussite de votre examen d'admission à Oxford !

Très à son aise, Frost la remercia aimablement. Alan faillit renverser son second cocktail.

IV

Le dîner se terminait et Alan ne s'était pas amusé un instant. Le sentiment de supériorité qu'il avait d'abord ressenti à l'égard de Frost s'était dissipé. Non seulement ce très jeune homme était sorti premier de Winchester et entré premier à Oxford, mais encore depuis longtemps il collaborait au journal le *New Statesman*. Vraiment c'était un phénomène, et en plus un phénomène modeste. Il traitait tous les sujets avec la même maîtrise, depuis la religion primitive jusqu'au communisme. Aucune forme de la recherche moderne ne lui était inconnue. Michael Frost était décidément très fort, et Alan se sentit humilié de sa propre ignorance, surtout devant Mrs Pawle. Mais il y avait pire : Kathleen ne s'était vraiment pas distinguée ce soir-là, du moins dans l'opinion d'Alan. Kathleen était choisie par lui, et il était essentiel qu'elle lui fît honneur. Or Kathleen s'était d'abord montrée nerveuse et gauche, riant bêtement à tout propos et s'adressant continuellement à Dorothy, ce qui avait le don d'horripiler Alan. Puis, quand elle s'était sentie plus à l'aise, au lieu de demeurer silencieuse quand la conversation dépassait son niveau de connaissance, elle jetait une remarque qui montrait de façon désespérante combien peu elle avait saisi de ce qui se disait autour d'elle. De plus, elle transformait toutes les subtilités de Frost ou de Mrs Pawle en explications laborieuses, soulignant avec ardeur toutes les évidences. Alan était crucifié. Il aurait voulu lui allonger un bon coup de pied pour qu'elle se taise enfin, mais c'était impossible.

Naturellement le docteur Pawle se gaussait de la situation, taquinait Kathleen, qui paraissait enchantée, et fit même quelques allusions au sentiment qui unissait les deux jeunes gens. Ainsi il demanda à Kathleen comment elle entrevoyait la vie aux côtés d'un poète, si elle allait payer le laitier d'un sonnet bien tourné et le boulanger d'une ode au lyrisme échevelé. Kathleen se trémoussait d'aise et Alan se sentait mourir. Heureusement le purgatoire se termina enfin : les femmes sortirent d'abord pour regagner le salon et les hommes demeurèrent seuls dans la salle à manger à fumer et à boire des liqueurs.

Alan oublia que Michael Frost lui était intellectuellement supérieur, et une conversation palpitante sur la politique extérieure, une bonne fine et un bon cigare lui firent voir la vie sous de meilleurs auspices. Il était tout à fait gai en rentrant au salon et même plein d'aménité pour Kathleen. Après tout, elle était vraiment jolie et gentille, cette petite. On ne demande rien de plus à une jeune fille.

— Jouez-vous quelque chose, Alan ? demanda Mrs Pawle.

Après s'être fait prier juste ce qu'il fallait, Alan se dirigea vers le piano.

CHAPITRE VII
(*suite*)

Il joua *Le chèvrefeuille et l'abeille*, qui était un de ses grands succès, et tout le monde reprit le refrain en chœur. Quand Alan eut fini, dans un tonnerre d'applaudissements qui le remplit d'aise, Dorothy suggéra de jouer aux charades.

— C'est une très bonne idée, dit Mrs Pawle ; Fred et moi serons les spectateurs.

— Alan est un acteur merveilleux, cria Kathleen.

Il y eut un silence et Alan sentit un froid dans le dos. Il venait d'avoir un affreux pressentiment.

— Il a joué un rôle de fille dans une comédie à Oxford, reprit la jeune voix enthousiaste, et le journal assura qu'il était le meilleur acteur de la troupe. N'est-ce pas, Alan ?

— Flûte, marmonna Alan.

Son pressentiment s'était réalisé. Volontiers il aurait roué Kitten de coups. Il se détourna et fit semblant d'arranger sa musique.

Mais il n'y avait plus d'échappatoire.

— En fille ! fit Dorothy, pleine d'admiration.

— En fille ! dit le docteur, tiens, tiens.

— On s'y trompe, assura Kathleen. Il est extraordinaire. Tu n'as pas tes photos, Alan ?

— Pas ici, grommela Alan.

Il était fou de honte. A Oxford, c'était l'usage de

monter tous les ans une pièce où, évidemment, les garçons jouaient les rôles de femme. Alan avait d'ailleurs eu un grand succès, et les journaux locaux avaient parlé de lui avec emphase. Sa réputation d'acteur avait franchi les limites de son collège et on le priait de tous côtés de venir se prodiguer pour des fêtes de charité.

Mais, en dehors d'Oxford, loin de ses camarades, c'était une catastrophe que de se travestir en fille.

Cependant les autres insistaient.

— C'est cela, jouons aux charades et Alan fera le rôle d'une femme.

— Mais nous serons trois filles pour un seul garçon.

— Moi je vais me mettre en homme, j'adore ça, hurla Dorothy.

— Nous n'avons pas beaucoup de temps, dépêchons-nous.

— Je meurs d'envie de voir Alan en fille !

— Je suis désolé, dit Alan avec fermeté, mais je ne crois pas pouvoir vous procurer cette joie.

— Pourquoi ? dirent les autres avec désolation.

— Parce que ce n'est pas l'endroit ici, et parce que je n'en ai pas envie.

— Je regrette, Alan, dit le docteur Pawle avec douceur, j'avais envie de faire un pari avec vous. Si vous êtes aussi extraordinaire que le dit Kathleen, vous devez pouvoir faire illusion à un étranger. Je voulais voir si Eileen Fiske, qui va venir chercher Kathleen et Dorothy, vous aurait vraiment pris pour une femme pendant quelques minutes.

— Oh ! quelle idée admirable !

— Alan, je t'en prie, pour me faire plaisir, dit Kathleen en se pendant à son bras.

Alan lui jeta un regard furieux et pensa des choses affreuses au sujet de sa chère petite Kitten.

— Alors, Alan, et mon pari ?

— Non, merci.

Le docteur Pawle s'éloigna en haussant les épaules, l'air de dire que si la soirée était gâchée, c'était bien la faute d'Alan.

Alan était pâle de rage quand Mrs Pawle vint lui dire :

— Alan, ne vous laissez pas tourmenter par Fred.

Puis elle ajouta tout bas :

— Faites le pari et gagnez-le.

— Mais j'aurai l'air d'un tel idiot.

— Mais non, je vais vous aider. Ils ne se moqueront pas de vous si vous gagnez cinq livres, par exemple. Alan, c'est le moment pour vous de rendre à Fred la monnaie de sa pièce. Avez-vous oublié la partie de tennis ?

— Ah ! non, par exemple, dit Alan.

Et brusquement il entra dans le bureau du docteur.

— Ça va, Fred, dit-il à voix haute. Je vous parie cinq livres qu'Eileen me prendra pour une femme.

— Cinq livres, diable ! Vous n'y allez pas de main-morte. Eh bien ! c'est entendu.

Ils étaient tous très excités. Un pari de cinq livres n'était pas une bagatelle.

Mrs Pawle l'attendait au bas de l'escalier.

— Et maintenant, Alan, appelez Kathleen.

— Kathleen ?

— Oui, il faut qu'elle vous aide.

Alan se sentit tout désemparé.

— J'ai cru que vous alliez m'aider.

— Bien sûr. Mais il faut que nous soyons deux.

— Oh non ! dit Alan suppliant.

— Oh si ! dit Mrs Pawle en souriant.

Kathleen arriva en sautillant de joie ; elle monta avec Mrs Pawle, et Alan les suivit. Il était assailli de sentiments complexes et contradictoires. Evidemment ce serait agréable de damer son pion à Fred. Mais à quel prix ! Alan était furieux à l'idée de se déguiser, mais ravi à l'idée de voir se figer un moment l'horrible sourire du docteur Pawle.

Il entra dans sa chambre et commença à se déshabiller. « Flûte et flûte ! » pensa Alan en enlevant sa chemise dure. Cinq minutes plus tard Kathleen cognait à la porte ; elle semblait étouffer de rire. Alan, drapé dans son peignoir, lui cria d'entrer d'une voix rageuse. Kathleen entra en trombe et lança un ballot sur le lit :

— Il faut que tu mettes cela d'abord, dit-elle en se tordant de rire.

Puis elle courut vers la porte ; mais, se ravisant, elle revint encore vers Alan pour l'embrasser et disparut enfin dans une dernière course échevelée. Alan considéra les vêtements clairs et vaporeux entassés sur son lit. Puis il soupira et se mit au travail.

V

— Alan, tu es merveilleux ! Vraiment, tu es étonnant ! N'est-ce pas, Mrs Pawle, qu'il est extraordinaire !

— Il a vraiment l'air d'une fille.

— Il est joli.

— Alan, vous pourriez être votre propre sœur.

— C'est cela ! cria Kathleen.

— Il est Célia ! Alan, tu es Célia et tu es venu passer la nuit ici !

— Bien, dit Alan d'un air sombre. Je suis Célia. Puis-je me regarder maintenant ?

Mrs Pawle et Kathleen admirèrent leur travail. Pendant vingt minutes Alan avait été un mannequin inerte entre leurs mains.

A elles deux elles avaient introduit sa tête dans une perruque beaucoup trop petite pour lui. Puis elles l'avaient poudré, maquillé. Kathleen avait même eu des velléités de lui épiler les sourcils, mais devant les objections violentes d'Alan, elle renonça à cette idée. Pour le reste, il s'était laissé faire, et on ne lui avait pas encore permis de voir le résultat.

— Je crois qu'il peut se regarder maintenant, n'est-ce pas, Mrs Pawle ?

— Oui, répondit celle-ci.

Alan se leva et se regarda longuement dans la glace. Après tout, il n'était pas si mal ! Il fut même étonné de se trouver si bien.

Il portait une robe de Mrs Pawle : noire à gros pois verts. Un grand chapeau noir lui ombrageait la figure en la dissimulant un peu, et un grand renard argenté cachait sa nuque. La plus grande difficulté avait été les souliers, car tous ceux de Mrs Pawle étaient trop petits pour lui. Enfin on lui avait trouvé une paire de vieilles pantoufles à talons, dans lesquelles, avec l'aide de Kathleen, il avait pu introduire miraculeusement ses pieds.

— Etes-vous satisfait ? dit Mrs Pawle en riant.

— Enfin, j'espère m'en tirer.

— Mais, bien sûr, vous allez vous en tirer. Voici un sac à main. Et maintenant êtes-vous prêt ?

Kathleen, qui sautillait autour de lui, recula pour juger de l'effet.

— Il est 10 h 1/2 ; Eileen peut arriver.

— Puis-je attendre ici jusqu'à ce qu'elle arrive ?

Mais cela ne lui fut pas accordé ; on avait peur des explosions de rire de Dorothy, qui trahiraient la supercherie.

— J'aurai l'air d'un crétin, au salon, dans cette tenue, grogna Alan.

Mrs Pawle lui mit la main sur l'épaule.

— Ecoutez, Alan, Fred ne doit pas vous tourner en ridicule. Damez-lui son pion une bonne fois.

— Comment ? murmura Alan rêveur.

— C'est bien simple, faites de lui le point de mire. Tout le monde rit d'un acteur en scène ; mais quand il descend parmi les spectateurs et qu'il paraît jeter son dévolu sur l'un d'entre eux, c'est de celui-là que l'on rit alors, et non plus de l'histrion.

— C'est une idée, concéda Alan.

Et là-dessus, Mrs Pawle descendit l'escalier, suivie d'Alan et de Kathleen. Mrs Pawle ouvrit bruyamment la porte du salon :

— Nous avons une visite, dit-elle. Miss Célia Littlewood vient d'arriver et elle passera la nuit chez nous.

Alan marcha droit sur le docteur, méprisant l'explosion prévue de Dorothy.

— Oh ! bonsoir, docteur Pawle, fit Alan gracieusement ; c'est bien vous, n'est-ce pas ? Vous êtes mille fois aimable de m'accueillir pour cette nuit. Ma voiture est en panne et je ne savais plus que devenir. J'en suis encore toute émue. Pourrais-je vous demander un verre d'eau ? J'ai une soif dévorante. C'est d'ailleurs une maladie de famille. Je pense que vous avez dû vous en apercevoir avec Alan.

Alan devait toujours se souvenir de cet instant ; ce fut l'un des plus beaux de sa vie. A mesure qu'il parlait, le sourire du docteur Pawle se figeait. Quand Alan eut fini, au milieu des rires et des cris de joie, un affreux rictus tordait la bouche du docteur.

« Ce coup-ci, il est *vraiment* embarrassé, pensa Alan avec une joie délirante. Je lui ai enfin damé son pion. Nous sommes quittes ! »

VI

Avec Eileen ce fut un jeu d'enfants. De plus, elle avait l'esprit ailleurs et parut bouleversée tandis qu'elle entrait et se précipitait sur le docteur Pawle.

— Mon Dieu, docteur, je suis vraiment désolée ; je crains d'avoir renversé l'un des poteaux de la barrière en entrant. J'étais un peu en retard et je crains d'avoir pris le virage un peu vite. Je suis vraiment désolée.

Eileen était la seule Fiske qui avait le droit de conduire. Dorothy s'était vu retirer son permis après un nombre incroyable de contraventions et d'accidents, et le colonel avait proclamé avec autorité pour une fois que rien au monde ne lui ferait donner une auto à Joan et à Kitty, pour qu'elles la réduisent en miettes. D'ailleurs, sauf, bien entendu, dans le cas d'un poteau malencontreux, Eileen se débrouillait très bien.

Le docteur ne parut pas se soucier de son poteau.

— A propos, Eileen, je ne crois pas que vous connaissiez la sœur d'Alan.

— Elle vient juste passer la nuit, expliqua Kathleen hâtivement.

— Ah ! bonjour, dit Eileen.

Elle sourit distraitement et se tourna vers Dorothy pour lui raconter l'accident avec plus de détails.

Alan eut beau faire quelque remarque polie au sujet de la gentillesse des Fiske envers Kathleen, rien n'y fit.

Eileen ne soupçonnait toujours rien. Enfin Frost annonça qu'il y avait bien dix minutes que la plaisanterie durait et qu'Alan avait bel et bien gagné le pari. Eileen fut complètement ahurie pendant quelques instants, puis joignit ses rires aux cris perçants de Kathleen et de Dorothy, tandis que le docteur Pawle remettait à Alan cinq billets tout neufs. Puis les invités décidèrent de s'en aller ; depuis le perron, le docteur surveilla d'un œil désabusé le destin du second poteau de sa barrière, puis rentra en disant qu'il devait se retirer dans son cabinet de travail.

Alan retourna trouver Mrs Pawle au salon. Elle l'accueillit avec un sourire radieux :

— Eh bien ! vous voyez que vous avez gagné, Alan, dit-elle.

— C'est uniquement grâce à vous, Evelyn. Aussi je vous ferai un beau cadeau avec le résultat du pari.

— J'espère bien que non. Mais avant de m'adresser une autre parole, allez donc vous changer.

— Vous ne m'aimez pas comme cela ? dit Alan en riant.

Mrs Pawle frissonna.

— Non, vraiment, c'est... c'est abominable.

Un peu étonné, Alan se dirigea vers la porte.

— C'est entendu, je ne me déguiserai jamais plus en fille, promit-il. Mais vraiment j'ai damé le pion à Fred.

Mrs Pawle eut l'air troublé tout à coup.

— Ce n'est pas facile, Alan. Et peut-être vaut-il mieux ne pas recommencer.

VII

— Que pensez-vous d'elle ?

Alan, revenu à ses pantalons de flanelle et confortablement attablé à son petit déjeuner, posait cette question avec une certaine insistance à Mrs Pawle, désormais le seul arbitre de ses jugements et de ses pensées.

— Vous voulez parler de Kathleen ?

— Oui.

— Je l'ai trouvée... charmante.

Une espèce de réticence dans le ton de Mrs Pawle rendit Alan soupçonneux :

— Soyez tout à fait franche, je vous en supplie.

— Eh bien !... (Mrs Pawle hésita.) N'est-elle pas un peu jeune, surtout pour *vous* ?

Instantanément Alan comprit que Kathleen était décidément trop jeune pour lui. Beaucoup trop jeune, surtout d'esprit. Elle n'avait vraiment aucune maturité. Pourquoi diable ne s'en était-il pas aperçu plus tôt ?

— Vous avez raison, Evelyn. Elle est trop jeune.

Il y eut un silence.

— Elle vous aime beaucoup, Alan, dit Mrs Pawle, comme si elle plaidait la cause de Kathleen.

Mais Alan secoua la tête :

— Elle est trop jeune, dit-il.

Il y eut un silence. Alan pensa qu'il serait bien difficile de dire à Kathleen qu'elle était trop jeune, et Mrs Pawle réfléchissait à ses propres affaires. Ce fut elle, néanmoins, qui brisa le silence :

— Je me suis mise dans un beau pétrin en vous aidant hier soir, dit-elle en souriant.

Alan posa le pot de marmelade qu'il tenait à la main, et un flot d'inquiétude envahit sa figure.

— Fred ?... Il ?...

— Il était vraiment furieux, dit Mrs Pawle en riant.

Alan admira son courage :

— Je suis désolé, balbutia-t-il.

La fureur de Fred lui parut un fait grave.

— Oh ! ce n'est pas la première fois, dit Mrs Pawle avec légèreté, j'y suis habituée, maintenant.

— Fred ? Il est souvent fâché avec vous ? demanda Alan horrifié.

— Oui. Il a un caractère de chien, vous savez.

— Il n'avait pas l'air de mauvaise humeur ce matin, dit-il.

— Oh ! il n'en ferait pas étalage devant vous. Mais j'ai l'impression qu'il n'a pas bien digéré l'histoire des cinq livres ; il déteste se séparer de son argent.

Le ton de Mrs Pawle était légèrement vindicatif, mais Alan ne s'en aperçut pas.

— Croyez-vous que je doive le lui rendre ?

— Bien sûr que non. Il avait besoin d'une leçon ; vous la lui avez donnée. Maintenant vous êtes quittes, dit Mrs Pawle avec décision.

Alan termina son petit déjeuner dans un tourbillon de pensées. C'était de sa faute si Mrs Pawle avait dû subir la colère de son mari. Ainsi Fred avait mauvais caractère ; il était avare, il était dur avec sa femme, avec une femme incomparable ! Mais il avait eu une bonne leçon hier soir... Un peu plus et Alan oubliait Kathleen et son jeune âge...

VIII

Alan n'aurait peut-être jamais rompu avec Kathleen si elle ne s'était pas elle-même attirée sa propre condamnation sur sa tête.

Le jour suivant les Fiske avaient organisé un pique-nique dans la campagne, et naturellement Alan y avait été convié. Par miracle, Eileen conduisit toute la bande sans une anicroche au lieu désigné. Après le goûter, Kathleen insista gentiment auprès d'Alan pour qu'il l'accompagnât dans une petite promenade aux bois environnants. Ils parlèrent d'abord du pari, et de la façon merveilleuse dont Alan avait joué la comédie.

— Oui, dit Alan, mais je ne le ferai plus jamais.

— Oh ! pourquoi ?

— Je ne sais pas. C'est... c'est abominable.

— Tu étais merveilleux, dit Kathleen, bien plus joli que Célia.

Là-dessus Kathleen s'ingénia à trouver de quelle façon ils allaient dépenser les cinq livres. Alan, qui n'avait aucune envie de les gaspiller avec Kitten et ses chatteries, l'écoutait avec un certain ressentiment.

Mais ce fut en discutant la personnalité des hôtes d'Alan que l'innocente enfant précipita le destin.

— Je trouve le docteur Pawle absolument charmant. Pas toi, Alan ?

— Oh ! si, dit Alan en grognant.

— Cinq livres ! C'était rudement généreux de sa part !

— Pas du tout. Il avait perdu, il n'avait qu'à payer. Si j'avais perdu, j'aurais payé de même.

— Où diable aurais-tu trouvé les cinq livres ?

— Je les aurais empruntées.

— A qui ? A Mrs Pawle, je suppose.

— Je crois que cela ne me serait même pas venu à l'idée d'emprunter cinq livres à Mrs Pawle.

— Pourquoi pas ? Je suis sûre qu'elle en aurait été contente.

— Qu'est-ce que tu racontes ? Pourquoi crois-tu qu'elle aurait été contente ?

— Je crois qu'elle aime te faire plaisir.

— Pourquoi aimerait-elle me faire plaisir ?

— Parce qu'elle t'aime.

— Vraiment ? Je suis ravi de l'entendre, d'ailleurs, je l'aime beaucoup aussi.

— Ah ! oui ? Moi pas.

Quel blasphème ! Alan ne pouvait pas en croire ses oreilles.

— Tu n'aimes pas Mrs Pawle, répéta-t-il, trop incrédule pour ressentir de la colère.

— Non. Je la trouve fausse.

— Quoi ? (C'était de la folie pure.) Elle a été absolument charmante avec toi.

— Trop charmante. Elle veut que tout le monde l'aime.

— Qui n'est pas comme cela ?

— L'as-tu déjà embrassée, Alan ?

— Bien sûr que non ! Tu es folle, ma pauvre fille ! Mrs Pawle n'est pas de ces femmes qui se laissent embrasser par n'importe qui.

— Alors pourquoi te fait-elle les yeux doux tout le temps ?

— Je crois —, la voix d'Alan tremblait tellement de rage qu'il pouvait à peine parler —, je crois que tu juges tous les gens par toi-même. Mrs Pawle est certainement l'une des femmes les plus remarquables que j'aie jamais rencontrées, justement, *elle* ne fait pas les yeux doux à tous les hommes qu'elle rencontre. Et, bon Dieu, elle ne se trémousse pas tout le temps non plus !

Kathleen éclata en sanglots.

— Tu l'aimes mieux que moi, dit-elle en pleurant. Je le savais. Oh ! Alan...

Mais Alan s'était sauvé.

IX

Kathleen rentra chez ses parents deux jours après. Alan n'alla pas à la gare et ne répondit pas au petit billet suppliant qu'elle lui envoya. Kathleen s'était d'elle-même rayée de sa vie.

Le jour du départ de Kathleen, le docteur Pawle annonça qu'il partait pour Londres le surlendemain, où il devait assister à un dîner de médecins, et qu'il passerait probablement la nuit dans la capitale.

CHAPITRE VIII

I

Fred prit le train de 16 h 22. Dès l'instant de son départ, la maison prit un petit air de fête. Rien n'était changé, et cependant cette atmosphère de détente subsistait. Alan et Mrs Pawle, assis tous deux à la table à thé, avaient échangé un sourire qui en disait plus long que des mots.

— Je ferai servir une bonne bouteille de vin à notre dîner, ce soir. Voulez-vous, Alan ?

— Oh ! oui ! s'écria celui-ci tout joyeux, non pas à l'idée de la bouteille, mais en songeant à ce repas en tête à tête avec sa jolie hôtesse.

Mrs Pawle lui sourit encore.

— Quand le chat s'en va, les souris dansent.

L'atmosphère était agréable.

Mais Mrs Pawle rompit le charme.

— Il faut que vous montiez travailler dans votre chambre comme à l'habitude. Sans cela, que diront les domestiques ?

Pendant presque une heure Alan essaya de travailler sans grand résultat. L'idée d'être seul dans la maison avec Mrs Pawle (car les domestiques ne comptaient pas), la perspective d'une longue soirée de délicieuse intimité, le faisaient vibrer, comme s'il s'attendait à vivre une extraordinaire aventure ! Il regarda plusieurs fois la pendule, trouva les minutes éternelles. Puis il s'habilla pour le dîner. Lorsqu'il descendit au salon, impeccable en tenue du soir : chemise amidonnée et cravate noire, Mrs Pawle n'était pas encore là. Alan savait bien qu'elle ne descendrait pas si tôt, mais il aurait aimé la trouver dans son salon. Alors il se mit au piano, joua doucement en caressant les notes, afin de lui faire savoir qu'il l'attendait. Mais dix minutes s'écoulèrent encore avant qu'elle n'arrive. Elle portait une robe qu'Alan ne lui connaissait pas encore, longue et souple, en voile rose. Elle s'approcha doucement du piano.

— Ne vous arrêtez pas, Alan. J'aime à vous entendre jouer.

Alan, tout en jouant un prélude de Chopin, regarda Mrs Pawle verser les cocktails et se dit qu'il n'avait jamais rien vu d'aussi joli que ses bras blancs à peine voilés de rose.

Elle lui porta son verre et le mit sur le piano, puis se pencha vers lui.

— J'aime ce morceau, dit-elle, c'est du Chopin, n'est-ce pas ? Vous jouez avec beaucoup de sensibilité.

Puis, quand il eut terminé :

— Venez, lui dit-elle, nous allons choisir notre bouteille.

Dans cette maison bien ordonnée, le vin se rangeait dans une petite resserre sous l'escalier. Il y avait à peine la place pour deux personnes, et pendant le choix de la bouteille en question, Alan eut l'agréable sensation de frôler plusieurs fois du voile de soie. Mais Mrs Pawle ne faisait pas attention à lui et lui demanda son avis sur le vin qu'ils allaient déguster au dîner. Serait-ce du bordeaux ou du bourgogne ? Alan avoua son faible pour le bourgogne, et l'on choisit une bouteille de beaune. On appela la femme de chambre et on lui confia la bouteille avec toutes les instructions :

— Il ne faut pas la chauffer, Steadman, dit Alan. Simplement la chambrer.

— Mais vous savez donc tout, Alan ! s'exclama Mrs Pawle avec admiration.

— J'aime le bon vin et je m'y intéresse par conséquent.

Ils burent leur second cocktail, et Mrs Pawle pria Alan d'allumer le feu dans la cheminée pour qu'il fasse bon dans le salon après dîner.

— Je trouve, dit-elle, que, dans une maison bien tenue et confortable, il faut allumer le feu quand c'est nécessaire, et non pas selon les mois de l'année. Quelquefois en été les soirées sont très fraîches.

Alan, ravi, acquiesça volontiers, se souvenant que chez lui, invariablement, on éteignait tous les feux en avril pour ne les rallumer qu'en octobre.

— Et vous, madame, vous avez plus besoin de feu que nous, avec vos épaules et vos bras nus. D'ailleurs, ajouta-t-il, votre robe neuve est ravissante.

Mrs Pawle, enchantée du compliment, se mit à rire.

— Vous observez tout, dit-elle. Fred ne remarque jamais mes robes. Mais, à vrai dire, celle-ci n'est pas neuve, elle est même très vieille, mais vous ne l'avez pas encore vue.

— Je vous répète qu'elle est très jolie et vous va à ravir.

— Oui, je l'aime bien, répondit-elle. C'est pourquoi je l'ai mise pour notre première soirée à tous les deux ! J'en ai bien une toute neuve que je n'ai pas encore mise. J'aurais aimé la mettre ce soir, mais je ne pouvais pas.

— Et pourquoi ?

— A cause des domestiques, expliqua Mrs Pawle très sérieusement. Steadman a des yeux comme des aiguilles, et elle se demanderait pourquoi je mets une robe neuve juste le soir où Fred est absent !

— Oh ! je comprends.

L'explication était nouvelle pour Alan, mais il comprit sa force.

— Et à propos, dit Mrs Pawle confidentiellement, il faut être sage à dîner, Alan !

— Que voulez-vous dire ?

— Mon cher, vous connaissez les domestiques, et vous connaissez Steadman. Vous savez bien qu'elle est tout le temps à m'épier. Une femme de médecin ne peut pas se permettre le moindre écart. Alors faites très attention à tout ce que vous direz.

— C'est entendu ! Nous ne parlerons que de politique extérieure, promit Alan, ne sachant pas trop s'il devait être flatté ou fâché.

Mais la soirée était à la bonne humeur.

II

Le dîner fut exquis : un potage succulent, canards rôtis très à point, et, pour terminer, des pêches melba. Le bourgogne riche et savoureux était chambré à point. Alan et Mrs Pawle discutèrent affaires étrangères lorsque Steadman était dans la salle à manger et leurs propres affaires lorsqu'elle n'y était pas.

Comme toujours dans leurs conversations, Alan apprit quelque chose de nouveau sur Mrs Pawle. Il semblait n'y avoir plus de fin aux révélations de cette charmante femme, à mesure que leur amitié grandissait. Elles étaient toutes impressionnantes, mais, additionnées, elles étaient accablantes. Et, une fois de plus, Alan se répéta combien il avait de la chance d'être l'ami d'une femme aussi intéressante.

Mais ce qu'il apprit ce soir-là fut de toutes les révélations la plus palpitante. Mrs Pawle était « médium ». Les morts revenaient de temps à autre et lui racontaient bien des choses sur le passé et sur l'avenir. Et tout ce que ces disparus prédisaient se réalisait en temps voulu. Mrs Pawle ne parlait de tout cela à personne, sauf à de très rares occasions à Fred, car elle était elle-même un peu effrayée de ses pouvoirs.

— Je ne vous en aurais probablement jamais parlé non plus, Alan ; cela doit être de la faute du bourgogne, ajouta-t-elle en souriant.

Alan la regarda tristement. Son sourire disparut.

— Je vous l'aurais tout de même dit un jour, dit-elle sérieusement. Je sais bien que cela ne vous aurait pas fait rire.

— Mon Dieu, non ! protesta Alan. Vous savez que mon esprit est ouvert à toutes ces choses, et je n'ai aucune envie de rire.

— Vous avez raison, cela n'a rien de risible.

Et Mrs Pawle lui raconta quelques-unes de ses expériences. L'une d'elles était particulièrement impressionnante. La mère de Mrs Pawle, décédée depuis quelques années déjà, venait souvent visiter sa fille. Elle lui donnait des conseils et des avertissements. Une nuit elle apparut à Mrs Pawle, quelques semaines après la naissance de son bébé.

— Je ne savais pas que vous aviez un bébé ! s'exclama Alan.

— Oui, dit Mrs Pawle tristement, j'ai eu un bébé. Il n'est plus parmi nous.

La mère de Mrs Pawle l'avait avertie qu'elle ne devait jamais laisser le bébé dans la petite chambre d'amis, car cela pouvait avoir des conséquences désastreuses.

Malheureusement elle avait omis de spécifier la nature de ces conséquences, de sorte que bien que Mrs Pawle ait immédiatement donné l'ordre à la nurse de ne jamais mettre le petit Dic dans ladite chambre, elle était incapable de lui en donner la raison. Aussi la nurse ne prit-elle pas l'ordre au sérieux et elle laissa Dick tout seul pendant une demi-heure dans la petite chambre d'amis. Quand elle revint, le bébé était mort.

— Comment ? interrogea Alan, le souffle coupé.

— On n'a jamais su exactement. On prétendit que le robinet à gaz s'était ouvert tout seul, mais...

Mrs Pawle hocha la tête comme quelqu'un à qui cette explication banale ne suffisait pas.

Alan était tellement impressionné qu'il en oublia d'exprimer ses regrets au sujet de la mort de l'enfant.

— Faites-vous souvent des expériences de ce genre ? dit-il avec respect.

— Pas aussi désastreuses, Dieu merci, dit Mrs Pawle en souriant.

— Mais sans cela... N'êtes-vous pas effrayée de votre pouvoir ?

— Oh non ! J'ai l'habitude. Je sais qu' « ils » peuvent m'aider et que je peux « les » aider. C'est évidemment une grosse responsabilité.

Alan posa d'autres questions à Mrs Pawle et en retira qu'elle était certainement médium et qu'il n'y avait aucun doute à cela. Elle voyait sa mère souvent et aux moments où elle s'y attendait le moins.

Soudain Mrs Pawle se mit à rire :

— Je ne sais pas jusqu'à quel point je n'ai pas eu un avertissement à votre sujet, Alan !

— A mon sujet ? dit Alan.

Et il réclama des détails avec insistance.

Mrs Pawle s'expliqua. La veille de l'arrivée d'Alan, elle s'était promenée dans le jardin, et soudain elle avait vu surgir sa mère d'un gros massif de rosiers ; elle avait essayé de lui parler, mais sa mère, au lieu de lui répondre, s'était évanouie dans l'espace, et à sa place avait paru... Alan !

— *Moi ?* (Alan s'étrangla de saisissement en avalant un morceau de canard.) Mais vous ne me connaissiez pas ?

— Non, mais je vous ai reconnu le lendemain.

— Mon Dieu !

— Oh ! cela m'était déjà arrivé de voir des gens de cette façon avant de les connaître. Je pense toujours combien ils seraient surpris de l'apprendre !

Et Mrs Pawle rit joyeusement. Alan prit une goutte de bourgogne. Il était vraiment sous le charme, et il ne lui serait jamais venu à l'idée de mettre en doute la parole de son hôtesse.

— Je ne crois pas que ce fût un simple avertissement, dit-il avec solennité ; je pense plutôt que votre mère essayait de vous dire que nous serions vous et moi... de très bons amis.

Mrs Pawle aussi eut l'air grave.

— Je savais bien que c'était cela qu'elle voulait me dire, assura-t-elle.

Puis Steadman vint changer les assiettes et ils parlèrent d'autre chose. Au moment de la pêche melba, le fil était rompu. Mais Alan était heureux, et une douce émotion, aussi bien que le bourgogne, lui réchauffait le cœur. Il était parfaitement conscient du bien-être physique qu'il éprouvait et de l'enthousiasme subit qui s'emparait de lui pour toutes choses.

Quand le dîner fut terminé, ils passèrent au salon. Appuyé à la cheminée, Alan contemplait le bras blanc de Mrs Pawle voltiger au-dessus du plateau à café.

— Et maintenant, dit Mrs Pawle, j'ai une surprise pour vous, attendez une minute.

Elle passa devant lui dans un tourbillon de mousseline, gracieuse, aérienne, laissant derrière elle un merveilleux parfum de jasmin.

— Quelle femme accomplie ! pensa Alan avec ravissement ; non seulement belle, mais intellectuelle !

Mrs Pawle revint portant une bouteille brune et deux verres à liqueur.

— C'est de la fine ! On ne la sert que dans les grandes occasions. Nous laverons les verres nous-mêmes, pour que Steadman ne s'aperçoive de rien.

Ils rirent bas, comme des conspirateurs. Alan avait compris que Steadman n'était pas la seule personne qui ne devait s'apercevoir de rien. Ils s'assirent de chaque côté de la cheminée et burent leur fine avec recueillement. Soudain Mrs Pawle se mit à rire.

— C'est amusant, n'est-ce pas, cette petite dînette ?

— Epatant !

Alan était enchanté que Mrs Pawle s'amusât d'être seule avec lui à siroter de la fine. Elle est comme un enfant par moments, pensa-t-il avec joie. Il savait que lui-même était comme cela. Encore un trait commun.

— Heureux, Alan ?

— Terriblement. Et vous ?

— Très, très heureuse.

Ils se regardèrent dans les yeux.

— Peut-être que le bourgogne en est la cause, dit Mrs Pawle.

Tous deux se mirent à rire.

— Parlez-moi de Kathleen, dit-elle.

III

Alan ne parla pas de Kathleen à Mrs Pawle. Il ne lui avait jamais raconté ce qui s'était passé le jour du pique-nique, et ce soir-là, en particulier, il n'avait aucune envie de parler de Kathleen. Il en avait presque un peu honte, et il s'en voulait d'être honteux. Mais quel contraste tout de même entre cette jeune fille si oie blanche et Mrs Pawle si raffinée, si mûrie.

Alan avait reconnu que la visite de Kathleen à Seaport l'avait désolé. Qu'est-ce que Mrs Pawle avait dû penser d'elle et d'Alan aussi pour l'avoir choisie ? Comme il avait été embarrassé de sa gaucherie, de sa timidité, de sa façon si peu élégante de rire, et de se tortiller ! Et Alan lui-même, n'avait-il pas, lui aussi, manqué d'élégance à son égard ? Après tout, Kathleen et lui avaient été...

— A quoi pensez-vous, Alan ? lui demanda doucement Mrs Pawle.

— A rien du tout ! répliqua vivement celui-ci.

Steadman avait emporté le plateau à café. Ils avaient caché les verres à liqueur derrière la bibliothèque, afin de les laver plus tard. Ils étaient seuls. Le salon et le monde étaient à eux.

— Ne trouvez-vous pas que c'est gentil de la part de Fred de nous laisser comme cela tous les deux ?

Mrs Pawle se mit à rire.

— Mais pourquoi, mon cher ami ?

Alan rougit un peu.

— Je ne sais pas, dit-il, mais, en général, un homme ne s'en va pas comme cela, en laissant sa femme seule dans la maison avec... avec...

Mrs Pawle riait de plus en plus.

— Vous voulez dire avec un autre homme, dit-elle.

— Non, peut-être pas.

— Mais voyez-vous, Alan, je ne crois pas que Fred vous considère tout à fait comme un homme !

— Non, dit Alan déconcerté. Et alors comme quoi me considère-t-il ?

— Eh bien ! comment vous dirais-je ? Comme une espèce d'écolier prolongé.

— Je vois.

— Et après tout, nous sommes tous les deux bien plus vieux que vous, n'est-ce pas ? Il y a des jours où vous devez nous trouver antédiluviens.

— Fred, lui, est évidemment plus âgé.

Il y eut un silence.

— Alan, je ne voudrais pas que vous soyez fâché si... Fred est un peu ridicule par moments. Cela me désole.

— Bien sûr que non, je ne suis pas fâché, dit Alan en riant. Il gronde l'écolier, voilà tout.

Il y eut un autre silence.

— Je crois que le feu a besoin d'être ranimé, dit Mrs Pawle.

Alan se saisit de pincettes et s'agenouilla devant la cheminée. Ce faisant, il admira les escarpins en brocart rose de Mrs Pawle.

— Vous savez, Evelyn, vous avez de très jolis pieds.

C'était la première fois qu'il lui adressait un compliment direct. Mrs Pawle contempla ses pieds avec intérêt.

— Vous trouvez, Alan ? Ne sont-ils pas trop petits ?

— C'est justement ce qui est joli.

— Je croyais que, de nos jours, les hommes admiraient les grands pieds. Vous savez, de forme allongée, comme ceux des modèles du Greco.

— Je trouve que, actuellement, les jeunes filles ont plutôt des pieds genre Rubens.

Mrs Pawle se mit à rire.

— Les femmes de Rubens ! Comme la mode change... Je ne serais pas surprise si « le beau Rubens » était de nouveau en faveur parmi nous sous peu. Ne serait-ce qu'en réaction au genre « garçon ». Je l'espère... Cela m'irait.

— Quelle folie ! Vous n'avez rien d'un Rubens, Evelyn !

— Ni du genre garçon !

— Vous êtes parfaite, dit Alan avec conviction —, et s'enhardissant, il ajouta : « Personnellement, j'aime les formes. »

— Vous voulez dire que j'en ai ? dit Mrs Pawle amusée.

— Vous venez de dire vous-même que vous n'étiez pas le genre garçon. Et dites-moi, Evelyn, cela ne vous a pas ennuyée que je vous dise que vous aviez de jolis pieds ?

— Mais non, au contraire, pourquoi ?

— Parce que j'ai oublié quelque chose. J'ai oublié de vous dire que vous avez aussi des chevilles exquises.

— Mon Dieu, Alan, qu'est-ce qui vous prend ce soir de me faire tous ces compliments ?

— Je ne fais que dire ce que je pense, pour une fois.

Alan alluma une cigarette et contempla les chevilles de Mrs Pawle avec un air de propriétaire.

Les yeux bleus de son hôtesse brillaient à la lueur dansante de la flamme.

— Eh bien ! continuez.

— Que dois-je continuer ?

— A dire ce que vous pensez.

Alan pensait qu'il aimerait bien voir les jambes de Mrs Pawle, car les chevilles, ce n'était pas beaucoup. Il eut le bon goût de se sentir honteux à l'idée qu'une pensée aussi impure ait pu l'effleurer.

— Eh bien ! (Alan rougit.) C'est gentil, n'est-ce pas ? d'être ici tous les deux et...

— Alan ! (Mrs Pawle éclata de rire.) Là n'est pas ce que vous pensiez. Dites-moi la vérité. Allons...

— Peut-être que cela ne vous plairait pas, dit Alan très ennuyé.

Mrs Pawle continuait à s'amuser beaucoup.

— Est-ce vraiment aussi inconvenant ?

— Non, pas exactement, mais...

— Alors dites-le-moi, Alan, j'insiste !

— Vous ne serez pas fâchée ?

— Mais non. Je ne suis plus une timide ingénue.

— Bien. (Alan prit sa respiration comme s'il allait plonger dans de l'eau glacée.) Je pensais que vous devez avoir de rudement jolies jambes.

Mrs Pawle ne parut pas ébranlée par cette révélation sensationnelle.

— Mon Dieu, c'est tout ! Que d'histoires pour rien !

Alan était rasséréné. L'eau n'avait pas été glacée, mais chaude et bienfaisante. Il s'enhardit :

— Non, ce n'est pas tout. Je pensais aussi que j'aimerais beaucoup les voir.

— Ah ! c'est cela ! Eh bien ! puisque cela vous fait réellement plaisir...

Gracieusement Mrs Pawle releva ses volants de mousseline rose jusqu'à ses genoux.

— Je croyais que vous aviez vu mes jambes une douzaine de fois. Les jupes de sport sont si courtes...

Son rire était un peu forcé.

Alan admira avec dévotion.

— Elles sont parfaites !

— J'en suis assez fière, avoua Mrs Pawle. Si elles avaient été laides, je ne vous les aurais pas montrées.

— Elles ne *pouvaient* pas être laides.

— Et maintenant, puis-je baisser ma robe ?

— Non, dit Alan... Il n'y a vraiment rien comme un bas de soie pour mettre la jambe en valeur. C'est fascinant, ce brillant de la soie. Ce doit être très agréable à porter ; c'est si doux au toucher.

Et Alan se mit à caresser le bas en question.

— C'est une sensation unique. Je déteste les jambes nues.

— Surtout à la scène, dit Mrs Pawle. Je regrette que les jeunes filles ne portent plus de bas aujourd'hui. C'était tellement plus seyant.

— Je ne songe pas à vous comparer aux autres. Vous êtes toujours gracieuse, charmante... et mystérieuse.

— N'est-ce pas un peu démodé ?

— Etre une vraie dame n'est jamais démodé, dit Alan sentencieusement.

— Eh bien ! moi, je suis sûre qu'aucune dame digne de ce nom ne montrerait ses jambes à un jeune homme ni dans un salon, ni ailleurs.

Et Mrs Pawle rabattit ses volants roses sur ses chevilles.

— Il faut que nous soyons raisonnables, Alan, dit-elle.

Alan contempla la mousseline de sa robe avec regret. Quelle aventure ! Il avait vu les jambes de Mrs Pawle ; il les avait même caressées. Tout cela comme s'il s'était agi de la chose la plus naturelle du monde. Mais si l'on avait dit à Alan avant le dîner qu'il allait caresser les jambes de Mrs Pawle dans une heure, il aurait été abasourdi et horrifié. Et pourtant,... Alan était sûr qu'il avait joui d'un merveilleux privilège.

— Evelyn, dit-il tout d'un coup. Avez-vous jamais montré vos jambes à quelqu'un d'autre ?

— Ah non, par exemple ! En voilà une idée !

Alan se sentit submergé de bonheur et de reconnaissance. Evelyn avait confiance en lui. Elle savait qu'il n'allait pas profiter de la situation, comme n'importe quel autre homme aurait fait à sa place. Ils étaient décidément deux êtres d'exception.

— Et maintenant, en voilà assez avec mes jambes, dit Mrs Pawle en souriant, soyons raisonnables.

Alan sourit aussi. Comme ils se comprenaient bien tous les deux !

IV

— Je me suis souvent demandé, dit Mrs Pawle, ce qui arriverait si, tout d'un coup, la conversation prenait un autre tour.

— Que voulez-vous dire ?

— Ne riez pas de moi, Alan. Vous avez une grande instruction, vous vous exprimez facilement. Mais il ne faut pas vous moquer si je ne m'explique pas aussi clairement que vous.

— Loin de moi une telle pensée ! protesta Alan avec véhémence. Mais je n'ai tout de même pas compris ce que vous vouliez dire.

— Eh bien ! voilà. Supposons que, dans une conversation, quelqu'un, au lieu de dire une chose, en ait dit une autre. Alors la conversation aurait pris un tour différent, et il y aurait peut-être eu d'autres résultats.

— Le virage dangereux ! s'exclama Alan, content de sa trouvaille.

Mrs Pawle rassembla ses souvenirs.

— Mais c'est le titre d'une pièce de théâtre, dit-elle.

— Par J.-B. Priestley, ajouta Alan.

— Mais, mon ami, vous savez donc tout ! Bien sûr, c'est cela ! Mais sans en faire une chose aussi importante, j'ai souvent pensé qu'il serait amusant de reprendre une conversation, à un certain point, et de lui donner un autre cours, rien que pour voir ce qui en résulterait. Voulez-vous que nous essayions ?

Alan acquiesça avec enthousiasme. « Quelle bonne idée ! se dit-il. Comme Mrs Pawle est intelligente, et à la fois si modeste ! » Le jeune homme la regarda en souriant : « Qui sait, ce sera peut-être notre virage dangereux ! »

— Peut-être, dit Alan, un peu perplexe. A quel point voulez-vous reprendre notre causerie ?

Mrs Pawle eut l'air de réfléchir quelques instants.

— Je me souviens... Je voulais vous dire quelque chose, et les paroles que j'ai prononcées étaient toutes différentes.

— Eh bien ! reprenons là exactement à ce point.

Mais Mrs Pawle resta silencieuse et parut hésiter.

— Peut-être ne vaudrait-il mieux pas, dit-elle, je crains que cela ne nous amène tout de même à un « virage dangereux » !

— Oh ! je vous en prie ! s'exclama Alan.

La résistance de Mrs Pawle parut faiblir. Cependant elle dit :

— Il vaut peut-être mieux ne pas réveiller le chien qui dort !

Mais le ton d'Alan se fit plus impérieux :

— Non, Evelyn, j'insiste. Vous avez été trop loin. Il faut parler maintenant. A quel point de notre conversation en étions-nous restés ?

Mrs Pawle hésita encore, puis elle dit lentement et comme à regret :

— Vous avez dit que c'était très gentil de la part de Fred de s'en aller ainsi et de nous laisser tous les deux seuls dans la maison.

— Je m'en souviens très bien, répondit Alan non sans une certaine amertume. Vous avez même dit que cela n'avait aucune importance et que le docteur me considérait comme un enfant ou quelque chose d'aussi inoffensif. C'est bien cela que vous avez dit, n'est-ce pas ?

— Non, Alan, murmura Mrs Pawle. Et après tout, je crois qu'il vaudrait peut-être mieux ne pas jouer à ce petit jeu.

— Alors, qu'avez-vous dit ? Ou plutôt qu'avez-vous voulu dire ?

Mrs Pawle haussa les épaules.

— Puisque vous insistez, je vous réponds : j'ai bien dit ce que vous avez entendu. Mais voici ce que j'aurais dû vous dire. Cela n'a aucune importance que Fred me laisse seule à la maison avec un jeune homme, car tout cela lui est parfaitement égal.

Alan la regarda fixement. Son cœur battait très fort.

— Vous voulez dire qu'il ne vous aime pas ?

Mrs Pawle contempla le feu :

— Tout ce que je peux faire lui est indifférent, dit-elle doucement, parce qu'en effet il ne m'aime pas !

— Mais il est fou ! s'écria Alan devant cette nouvelle révélation encore plus étonnante que toutes les autres.

Mrs Pawle releva la tête et le regarda.

— Savez-vous, Alan, que, parfois, je me demande s'il n'est pas un peu fou.

— Mon Dieu ! s'exclama Alan, comme si la terre se dérobait sous ses pieds, le précipitant dans un monde inconnu.

— Je ne devrais pas vous dire tout cela ! dit Mrs Pawle.

De nouveau elle avait détourné les yeux et Alan contempla ses belles mains blanches serrées l'une contre l'autre. Il s'approcha d'elle.

— Parlez-moi, Evelyn, dit-il d'une voix légèrement enrouée.

— Vous êtes si jeune, vous ne connaissez rien de la vie !

— Parlez-moi, Evelyn, dites-moi tout.

— Ce n'est pas juste de vous faire porter le poids de mes larmes, de mes désillusions...

— Parlez-moi, Evelyn, répéta-t-il, parlez-moi.

Son ton était suppliant.

Tout d'un coup, à sa grande surprise, Mrs Pawle se mit à rire gaiement.

— Eh bien ! avais-je raison ? dit-elle. Je crois vraiment que la conversation a pris un tour tout différent !

— Alors, ce n'est pas vrai ?...

— Mais oui, c'est vrai, dit Mrs Pawle en riant. Mais ce sont des choses sur lesquelles il ne faut pas appuyer lourdement. Je regrette d'avoir eu ce moment de... digression. Je croyais avoir pris le dessus depuis bien des années !

— Mais alors ?

Alan ne comprenait plus.

— Eh bien ! aucune femme ne peut s'attendre à ce que son mari lui soit fidèle après douze ans de ménage. Mais, ajouta Mrs Pawle, je trouve tout de même que Fred exagère un peu !

— Alors Fred ne vous est-il plus fidèle depuis longtemps ?

— Mais, mon cher ami, où pensez-vous qu'il soit ce soir ?

— Mais à son dîner officiel.

— Vous croyez cela, vous ! s'exclama Mrs Pawle, un sourire ironique sur les lèvres.

— Alors, où est-il ?

— Oh ! avec quelque femme, bien sûr ! Je ne sais pas laquelle, et, au fond, je crois que cela m'est égal !

La jeune femme haussa encore une fois ses jolies épaules.

— Et cela ne vous fait vraiment plus rien ? demanda Alan qui comprenait de moins en moins.

— A quoi bon ! répondit Mrs Pawle, je suis trop heureuse quand il transfère ses activités amoureuses à Londres. Ce que j'aime moins, comment vous dirais-je cela ? c'est quand il les réserve à ses clientes !

— Et vous saviez tout cela depuis longtemps ?

— Oh ! à peu près six mois après notre mariage. Je suis entrée un jour à l'improviste dans son cabinet, et j'ai trouvé une jeune femme demi-nue sur ses genoux !... Maintenant, tout cela m'est égal ! Et puis peut-être n'est-ce pas de sa faute ; il est tout de même un peu bizarre !

Alan se hasarda :

— Un peu trop porté... sur la... chose, dit-il.

Mrs Pawle fit signe que oui.

— Dans toutes ces choses-là, une femme a souvent une grande responsabilité. Peut-être est-ce de ma faute si notre ménage n'est pas meilleur qu'il n'est !

— Je suis certain que non, s'écria Alan.

— Je n'ai jamais parlé de tout cela à qui que ce soit, dit Mrs Pawle.

Alan supplia à nouveau :

— Racontez-moi, Evelyn, dites-moi tout ce que vous voudrez. Cela fait du bien de parler à cœur ouvert.

Mrs Pawle lui adressa son plus doux sourire :

— Cela m'a déjà fait du bien de causer avec vous, dit-elle.

Deux larmes coulèrent le long de ses joues...

Alan se pencha vers elle et lui prit la main :

— Evelyn, vous avez souffert, murmura-t-il.

Mrs Pawle lui sourit encore à travers les larmes :

— Qu'importe, dit-elle, car, maintenant, j'ai en vous un ami, un grand ami, n'est-ce pas, Alan ?

— Oh ! oui, répondit-il, du plus profond de son âme.

V

Alan, tout seul dans le salon, savourait un « whisky et du soda ». Il était confortablement installé dans le fauteuil de Fred et réfléchissait au fait qu'il avait pour un soir assumé toutes les responsabilités de celui-ci. Il avait fermé le verrou de la porte d'entrée et vérifié toutes les autres serrures de la maison, veillant ainsi à la sécurité d'Evelyn, qui s'était déjà retirée dans sa chambre. Ce n'est pas une sinécure que d'être le seul homme dans une maison uniquement habitée par des femmes. Il défit un bouton de son pantalon et pensa à Evelyn. Elle était si jolie, si raffinée, tellement supérieure en tous points à son mari. Elle était charmante et sympathique. N'était-ce pas merveilleux pour lui d'être l'ami intime, dévoué et platonique d'une femme pareille. Non ! Elle n'était pas faite pour partager la chambre d'un être aussi médiocre que Fred. Il était évidemment absurde de parler de perfection au sujet d'un être humain, mais vraiment Evelyn Pawle en était très près ! En savourant son whisky, Alan pensa aux perfections de cette ravissante femme. Puis, en songeant à toutes les révélations qu'elle lui avait faites, il eut un peu chaud et ouvrit les boutons de son gilet. Puis il alluma une cigarette. Il était temps d'aller se coucher. Il quitta le salon et resta un instant debout dans l'antichambre. Tout était calme dans la maison. Aucun bruit, aucun mouvement. Mrs Pawle était sans doute couchée. Il monta sur la pointe des pieds au premier étage et s'arrêta sur le palier. Il écouta à la porte de la chambre de son hôtesse. Tout était silencieux. Elle devait dormir. Un instant il eut le désir d'ouvrir la porte et de lui souhaiter encore une fois « bonne nuit ». Elle ne serait pas fâchée de le voir. Elle était si intelligente, si compréhensive. « Comme elle doit être jolie dans son lit », se dit-il.

Et Fred ? Alan se secoua un peu, et, toujours sur la pointe des pieds, rentra dans sa chambre. Il commença à se déshabiller, jouissant du confort et du luxe de cette belle installation ; le riche mobilier, le lit avec son linge fin, les appareils électriques perfectionnés, la boule d'eau chaude. Il n'avait jamais vu une chambre à coucher aussi accueillante et agréable. Lorsqu'il fut enfin en pyjama, il passa son peignoir et se dirigea sur la pointe des pieds vers la salle de bains. Pour être franc, c'était rudement ennuyeux d'avoir à se laver les dents... mais l'habitude est une seconde nature.

Alan avait ouvert la porte avant de s'apercevoir que la lumière était allumée dans la salle de bains. Il entra... puis sa mâchoire s'affaissa, il rougit violemment, et, en balbutiant quelque chose d'incohérent, se retourna pour s'enfuir. Car Mrs Pawle était couchée de tout son long dans la baignoire.

— Alan !

— Ou... oui.

— C'est de ma faute ; j'ai dû oublier de pousser le verrou.

Alan tournait pudiquement le dos à la forme blanche étendue dans la baignoire.

— Je suis absolument désolé, bafouilla-t-il.

— Alan !

— Oui.

— Cela ne fait rien. Venez vous laver les dents, si vous voulez, mais... fermez la porte.

— Oh !... merci beaucoup.

Alan rentra dans l'étouffante petite pièce et se dirigea tout droit vers l'étagère où étaient rangés les verres à dents et les brosses.

— Alan !... (La voix de Mrs Pawle était plus douce.)

— Oui ! (Les yeux d'Alan étaient fixés sur son verre à dents. Etait-ce bien le sien, après tout ? et était-ce sa brosse ? Dieu, que c'est bête de ne pouvoir se souvenir de ces choses juste parce que...)

— Cela m'est tout à fait égal que vous me voyiez comme cela si... si cela vous fait plaisir. (La voix de Mrs Pawle était plus ferme.) C'est si ridicule de faire des histoires à propos de ces choses-là.

— Oh ! oui... Merci beaucoup.

Alan aurait préféré ne pas regarder Mrs Pawle. Il était affreusement embarrassé. Mais elle avait l'air d'y tenir, et naturellement c'était un tel honneur... un privilège... et après tout, puisqu'elle trouvait cela naturel, pourquoi ne pas la contenter. Alan tourna la tête avec méfiance et contempla pour la première fois une femme nue. Il la contempla avec solennité, comme on regarderait une relique.

— Eh bien ! (Le rire nerveux de Mrs Pawle dissimulait son embarras.) Vous... vous n'avez jamais vu de femme nue, Alan ?

— Non.

— Eh bien ! voilà qui est fait. (Mrs Pawle battit l'eau de ses mains.) Je crains de ne pas être un merveilleux spécimen.

— Vous êtes magnifique ! dit Alan avec chaleur.

Mrs Pawle avait un corps blanc et gracieux. A travers l'eau bleutée, il parut à Alan la chose la plus blanche qu'il eût jamais vue.

— Mes seins ne se tiennent plus comme autrefois, dit Mrs Pawle, comme quelqu'un qui a conscience d'un défaut. C'est depuis la naissance de Dick...

Mais Alan les trouva très bien.

— Vous êtes certainement la plus belle chose que j'aie jamais contemplée.

Mrs Pawle ne voulut pas être moins solennelle que lui.

— Vous verrez des femmes beaucoup plus belles que moi, Alan. Mais je suis contente... contente d'avoir été la première.

— Moi aussi, Evelyn, je suis content. Me permettez-vous de...

— Quoi ?

— De vous embrasser ?

— Naturellement.

Le cœur battant, Alan se pencha au-dessus de la baignoire. Mrs Pawle se souleva sur ses coudes et pencha la tête en arrière. Leurs lèvres se joignirent dans la vapeur qui montait, puis elles se séparèrent. Il n'y eut jamais baiser plus chaste.

Alan se retourna doucement et commença à se laver les dents.

Quand il fut de nouveau dans sa chambre, il s'assit dans l'obscurité auprès de la fenêtre ouverte et regarda la nuit. Il avait embrassé Mrs Pawle ! Elle n'avait pas été fâchée. Il avait pu à son aise admirer sa nudité. Elle était merveilleuse... merveilleuse... Un léger bruit le fit se retourner, la porte s'ouvrit doucement, puis se referma. Mrs Pawle, dont la démarche ressemblait au vol d'un phalène, était auprès de lui.

— Alan, êtes-vous bien ?

— Oui, murmura-t-il.

— Il ne faut pas vous mettre près de la fenêtre, les nuits sont fraîches ! J'ai voulu vous voir avant de me coucher. Je n'aurais pas pu dormir. Alan, mon ami, qu'avez-vous dû penser de moi ?

— J'ai pensé que vous êtes une femme merveilleuse !

Mrs Pawle était encore plus près de lui ; éthérée et irréelle, dans un peignoir de satin blanc qui brillait au clair de lune. Il l'avait entourée de son bras et sentait la douce chaleur de son corps à travers la soie.

— Alors, murmura Mrs Pawle, bonsoir, mon cher Alan !

La voix d'Alan s'étrangla dans son gosier. Le seul mot qu'il put articuler fut : « Evelyn. »

— Qu'y a-t-il, Alan ?

— Evelyn, Evelyn chérie !

Elle était dans ses bras. Il la couvrait de baisers passionnés : sur le cou, les cheveux, les yeux, les joues.

— Oh ! Alan, s'écria-t-elle, soyez sage ! Il ne faut pas !

Puis elle lui donna ses lèvres. Toujours enlacés, ils se laissèrent tomber sur le lit. Mrs Pawle protestait toujours. Alan était un peu novice, mais jeune et ardent. Evelyn, plus expérimentée, lui montra le chemin, et tous deux sombrèrent dans la félicité.

CHAPITRE IX

I

Alan, couché sur le sable chaud de la plage, frissonnait un peu, malgré la chaleur. Il avait un livre, mais ne pouvait fixer son attention sur sa lecture. Il était inquiet, mal à l'aise ; dans une heure, Fred serait de retour. La journée avait passé lentement, mais, à chaque heure, grandissaient les appréhensions d'Alan. Tout d'abord ses craintes n'avaient pas eu cette acuité. Le petit déjeuner, par exemple, avait été délicieux. Alan était arrivé le premier dans la salle à manger, et quand Mrs Pawle l'eut rejoint, ils s'embrassèrent de la façon la plus naturelle. Pendant tout le repas, ils avaient ri et causé gaiement, heureux comme des enfants de leur nouvelle intimité. A ce moment-là le spectre de Fred était encore loin ! Dès le début, Alan avait exercé ses nouveaux droits, et Mrs Pawle les acceptait de façon charmante. Il lui prenait tout le temps la main et lui caressait les cheveux chaque fois qu'il se levait pour chercher quelque chose sur le buffet. Il lui mettait la main sur l'épaule et l'embrassait sur le front ; des mots tendres surgissaient de leurs lèvres, et chaque fois que Mrs Pawle lui adressait son ravissant sourire, en lui disant : « Alan chéri », un grand frisson de bonheur le parcourait.

« Heureux, Alan ? » lui demanda-t-elle. Et il répondit : « Incroyablement. »

Après leur petit déjeuner, Alan ayant fumé sa cigarette, elle lui ordonna, avec une autorité captivante, d'emporter ses livres et d'aller travailler dans le petit kiosque du jardin. Il fallait agir comme à l'habitude, pour ne pas éveiller le moindre soupçon parmi les domestiques. Mais elle venait tout le temps lui rendre visite dans sa retraite et se perchait sur le coin de sa table de travail, pendant qu'Alan, que l'amour rendait éloquent, lui disait qu'elle était merveilleuse, adorable, exceptionnelle ! Bien entendu, il ne fut pas question de travailler ce jour-là. Alan revivait par la pensée l'incroyable aventure de la nuit précédente. Il se trouvait indigne d'un pareil bonheur, mais il se sentait malgré tout très heureux.

— J'ai séduit une femme mariée ! se disait-il sans cesse, triomphalement.

Puis il se souvint qu'il ne fallait plus traiter aussi légèrement ce grand amour. Car c'était un amour unique qui avait fleuri dans l'innocence et la pureté. C'était l'union de deux âmes sympathiques qui s'étaient rejointes bien avant l'union de leurs corps. Alan savait maintenant qu'il avait aimé Mrs Pawle dès leur première rencontre. Quant à elle, elle avait été attirée tout de suite vers lui. Elle lui avait tout expliqué en cette nuit merveilleuse. Combien elle avait besoin d'amour et comment elle avait senti chez Alan un degré de sympathie et de compréhension qu'elle ne s'attendait jamais à trouver chez aucun homme. Et quand elle avait découvert qu'Alan aussi l'aimait, sa sympathie et toute sa compréhension s'étaient envolées vers lui. Elle l'avait aimé tout de suite et elle savait qu'Alan l'aimait aussi. « Une femme dans cette situation, disait-elle, est sans défense quand elle se sent poursuivie par le désir de l'homme qu'elle aime. »

— Alors, vous m'aimez ! s'écria Alan dans sa joie. Vous m'aimez vraiment.

— Mais, mon enfant chéri, répliqua Mrs Pawle avec un doux reproche, si je ne vous aimais pas, croyez-vous que je vous aurais cédé ? Une femme amoureuse est faible et sans défense !

— Je vous aime, Evelyn, soupira Alan, la figure enfouie dans les cheveux parfumés de sa maîtresse. Je vous aime terriblement ! Je ne crois pas qu'il soit possible d'aimer autant !

— Mon Alan, mon Alan chéri !

Toute la matinée, Alan avait songé aux événements de la nuit dernière, parfois avec une humble gratitude à l'égard de Mrs Pawle, parfois avec une grande satisfaction d'avoir obtenu les faveurs d'une femme telle qu'Evelyn. Il ne pouvait croire à ce succès. Enfin il était un homme ! Mais à mesure que la journée s'avançait, la pensée de Fred revenait de plus en plus souvent à son esprit. L'idée de Fred lui donnait une sensation de vide horrible à l'estomac. Non pas qu'il eût le moindre remords. Evelyn et lui avaient atteint l'harmonie la plus parfaite, et Fred n'était pas digne d'une femme pareille. Il était le seul responsable dans toute l'affaire. Il n'avait jamais compris tout le besoin d'amour qu'avait Evelyn, et si son territoire avait été si facilement envahi, c'est qu'il n'avait pas su le garder. — Non, aucune pitié pour Fred ! Aucune idée de bien ou de mal dans ce qu'Evelyn et lui avaient fait. Et cependant tout doucement une petite épine se glissa dans sa conscience, et un mot stupide, illogique, ridicule, lui vint à l'esprit : « Adultère. » Ce mot commençait à lui faire peur. « J'ai commis le péché d'adultère », se dit Alan, moitié heureux, moitié craintif.

Adultère ! Et si Fred venait à soupçonner quelque chose ? Alan, couché sur le sable chaud, se sentit parcouru par un frisson glacé. Si, au moment où son hôte devait rentrer chez lui, il avait dit à brûle-pourpoint à Alan : « Allez au diable, Alan, vous avez couché avec ma femme la nuit dernière. J'en ai la preuve. »

Mais il ne pouvait pas avoir de preuve ! Quelle preuve pouvait-il y avoir ? Et cependant ces choses-là arrivent dans les procès en divorce.

Cependant Alan n'envisageait pas Fred divorçant d'avec Evelyn. Il ne le voyait pas non plus la rouant de coups, ou quelque autre preuve similaire. Non, sa seule crainte était que Fred sache ou apprenne ce qui s'était passé. Il se pourrait qu'Evelyn et lui se trahissent, qu'un regard, un serrement de mains ne révèlent leur amour, et les soupçons du docteur Pawle deviendraient une certitude. Mrs Pawle avait averti Alan à ce propos.

— Il faut que nous soyons sur nos gardes, même pas un sourire ne doit trahir notre amour. Alan, il faudra faire très, très attention.

— Aucun danger ! s'était écrié Alan, heureux et confiant.

Mais, à mesure que les heures passaient, il l'était de moins en moins. Leur secret ne lui paraissait plus si délicieux. Il le considérait un peu comme une bombe capable de détruire leurs trois vies. « Oh ! zut ! gémit Alan, un peu pâle, j'aurais bien mieux fait de ne rien commencer ! » Il regarda sa montre. Il était l'heure de rentrer pour le thé. Et pourtant il n'en avait aucune envie. En chemin, il pensait à l'attitude de Fred. S'il ne soupçonnait rien, il l'accueillerait avec son sourire en caoutchouc et une de ses plaisanteries habituelles. Mais s'il avait quelque soupçon...

Eh bien ! s'il soupçonnait quelque chose, il sourirait encore. Il ne lui lancerait pas une accusation en pleine figure, mais il verrait sur son visage ce sourire sardonique et il s'arrangerait pour obliger Alan à avouer. Oui, telle serait la tactique de Fred — mais il ne se laisserait pas prendre au piège, il serait sur ses gardes. Il frissonna à cette pensée. « Oh ! Dieu fasse que Fred ne soupçonne rien. » Le cœur battant, Alan entra dans la maison. Il resta quelques instants dans le hall à écouter. Mais, à part le bourdonnement de ses oreilles, il n'entendit aucun bruit. Puis il entra au salon. Mrs Pawle était assise devant sa table à thé.

— Vous voilà, Alan, dit-elle. Avez-vous passé un bon après-midi ?

Alan la regarda avec ahurissement. Elle paraissait parfaitement calme, imperturbable. Enfin se rendait-elle compte ?...

— Est-ce... est-ce que Fred est rentré ?

Sa voix était enrouée... pas naturelle. Ses mains tremblaient et il dut poser sa tasse sur un guéridon.

— Oui, il doit être arrivé. J'ai entendu l'auto il y a quelques instants. Oh ! le voilà !

Des pas résonnèrent dans l'entrée et la porte du salon s'ouvrit. Alan détourna les yeux. Il sentait qu'il ne pourrait pas soutenir le regard de Fred. Mrs Pawle se leva, alla à la rencontre de son mari.

— Vous voilà, mon chéri ! Que je suis heureuse de vous revoir. Avez-vous fait un bon séjour à Londres ?

Alan se retourna. Evelyn embrassait Fred. Ses yeux brillaient. Elle paraissait sincèrement ravie de le voir de retour.

— Très bon séjour, répondit-il. Tout à fait agréable.

Et, se tournant vers Alan, de son ton le plus facétieux :

— Et vous, jeune homme ? Etes-vous parvenu à maintenir l'ordre dans cette maison ?

Alan lui adressa un pâle sourire. Son cœur battait, et il respirait difficilement.

— Alan a été tout ce qu'il y a de plus consciencieux ! dit en riant Mrs Pawle. Il a fait le tour de la maison avant de se coucher et a vérifié le verrou et toutes les serrures ! N'est-ce pas, Alan ?

— Mais... oui, répondit celui-ci sans enthousiasme en s'efforçant de parler naturellement.

Fred le regarda :

— Vous n'avez pas trop bonne mine, mon jeune ami. Vous êtes pâle. A quels méfaits avez-vous pu vous livrer ? Je parie que vous êtes resté trop longtemps au soleil.

— Je... je crois que j'ai marché un peu trop vite en rentrant de la plage, bégaya Alan d'une voix étranglée.

Et le docteur Pawle lui lança de nouveau son sourire en caoutchouc. Alan se laissa tomber sur une chaise, ses jambes se dérobaient sous lui. Mrs Pawle le gronda gentiment.

— Je vous ai dit bien des fois de ne pas trop vous fatiguer, Alan, surtout par ces chaleurs. Vous n'êtes vraiment pas sage !

Alan la regarda avec étonnement. Elle parlait avec son calme et sa bonne grâce habituels. Pour la première fois, il fit connaissance avec cette extraordinaire faculté de dissimulation qu'ont les femmes, et il en fut émerveillé. Quant à lui, il sentait sa culpabilité gravée sur son visage, et s'étonna de ce que Fred n'y eût encore rien vu. Il s'appuya au dossier de sa chaise, essayant de calmer les battements précipités de son cœur. Décidément, l'adultère avait des inconvénients.

II

Alan avait été furieux de voir Mrs Pawle embrasser Fred. Il y avait là, pensait-il, quelque chose d'indécent. Il le lui dit aussitôt que Fred se fut retiré dans son cabinet de chirurgie. La réaction d'Evelyn fut inattendue. Elle se mit à rire aux éclats, puis s'exclama avec une joie non dissimulée.

— Vous êtes donc jaloux, Alan ! Mais c'est trop charmant !

Il fut vexé d'être accusé de jalousie, alors que là n'était pas la question. Il essaya d'expliquer la chose à Mrs Pawle, qui ne voulut rien comprendre.

— Mais voyons, Alan, je suis mariée avec lui, dit-elle tristement, je suis sa femme.

— Mais vous n'aviez pas besoin de l'embrasser. (La voix d'Alan était douloureuse.) Je comprends encore que vous vous laissiez embrasser par lui, mais le baiser que vous lui avez donné m'a fait mal !

— Mais, mon chéri, il aurait trouvé drôle que je ne me jette pas à son cou ! Il ne faut, à aucun prix, qu'il soupçonne quoi que ce soit !

— Non, bien entendu ; mais voyons, Evelyn (la colère d'Alan éclata), vous l'avez embrassé comme si vous l'aimiez.

Mrs Pawle le regarda. Ses grands yeux bleus étaient pleins de larmes, ses lèvres tremblaient.

— Oh ! Alan ! vous qui savez ! (Elle essuya ses yeux

avec son mouchoir.) Ne me rendez pas ma situation encore plus pénible qu'elle ne l'est déjà !

Alan se jeta à genoux près de sa chaise :

— Evelyn ! s'écria-t-il, Evelyn chérie, ne pleurez pas ! Oh ! oui, je sais ! Mais je suis jaloux de votre mari. Je vous veux pour moi tout seul. Oh ! que je voudrais tout lui dire !

Les larmes de Mrs Pawle se transformèrent en sourire :

— Quel enfant vous êtes ! dit-elle. Allez vous rasseoir tout de suite. Et s'il venait à rentrer au salon, vous savez comme il marche sans faire de bruit. Promettez-moi que vous ne vous approcherez jamais ainsi de moi, tant qu'il sera dans la maison.

— Non, je ne vous laisserai courir aucun risque, répondit-il. Mais, Evelyn, Evelyn chérie, vous m'aimez, n'est-ce pas ?

— Vous savez bien, Alan, que je vous aime... Mais...

Alan reçut comme un coup de poignard en plein cœur.

— Mais quoi ? dit-il.

Mrs Pawle le regarda. Ses beaux yeux étaient tristes.

— Je crois que nous avons tous les deux été un peu fous la nuit dernière. Vous me comprenez, n'est-ce pas ? Je suis très heureuse de ce qui est arrivé ! Oui, heureuse et fière... mais il ne faut plus que cela nous arrive, Alan.

— Oh ! Evelyn.

Il semblait à Alan qu'on lui découpait un morceau de sa chair. L'avenir lui parut sombre et vide.

— Non. (La voix de Mrs Pawle était triste, mais son attitude était résolue.) Il faut que nous soyons sages, mon chéri. Je suis encore la femme de Fred... et je dois faire mon devoir jusqu'au bout.

III

Alan ne dormit pas cette nuit-là. Il pleura des larmes de rage impuissante, car, dans son imagination trop vive, il voyait Mrs Pawle dans la chambre à côté, couchée auprès de son mari... et faisant « son devoir jusqu'au bout » !

CHAPITRE X

I

Les jours qui suivirent furent peut-être les plus heureux de la vie d'Alan. Il y eut, comme à l'habitude, des réceptions, des thés, des parties de tennis. Mais le but de son existence était uniquement Mrs Pawle. Alan pensait bien que d'autres personnes avaient été amoureuses avant lui. Il y avait d'abord tous les grands amants de l'histoire. Mais avaient-ils aimé comme lui aimait Mrs Pawle ? Avaient-ils donné si pleinement, si complètement, avec tant de pureté, de confiance et de dévotion ? Alan ne pouvait le croire. Il ne se sentait vivre que quand Evelyn était auprès de lui. Quand elle était absente, il ne pensait qu'au moment de la revoir. Rien que de la voir lui suffisait presque. Et de la voir dans le monde était une joie constante. De temps à autre elle lui envoyait un message secret, rien qu'en le regardant avec ses yeux si expressifs, et personne d'autre qu'Alan ne pouvait le comprendre. Mrs Pawle était gaie, enjouée, avait le sens de l'humour. En somme, elle avait toutes les qualités. Et puis Fred ne soupçonnait rien, et les craintes d'Alan à son sujet se calmèrent. En plus, son voyage à Londres paraissait lui avoir fait du bien. Il était plus cordial, plus amical qu'avant. L'affaire des cinq livres était oubliée. Il n'avait plus de rancune. En tant qu'homme, Alan commençait même à éprouver à son égard une certaine amitié. Mais en tant que mari d'Evelyn, il était, bien entendu, impossible. Mrs Pawle prétendait qu'il n'avait pas perdu son temps à Londres. « Cela se passait toujours comme cela », disait-elle. Pendant des semaines et des semaines, il devenait de plus en plus comme un ours en cage. Puis un petit voyage à Londres faisait diversion, et il revenait un autre homme. Mrs Pawle se moquait bien de ses infidélités, si seulement il était facile à vivre !

— C'est que vous n'avez plus aucun amour pour lui ! disait Alan triomphalement. Sans quoi vous seriez désolée de sa façon d'agir.

Le sourire un peu désabusé de Mrs Pawle disait mieux que des mots que tout amour entre elle et Fred était bien définitivement fini. Quant à Alan, toute sa vie était changée par ses nouvelles relations avec Evelyn. Auparavant, l'existence lui avait paru morne, sans saveur. Maintenant, elle était riche, remplie de buts intéressants, dont le plus intéressant était celui d'embrasser Mrs Pawle le plus souvent possible.

Lorsqu'ils étaient tous les deux seuls, ils passaient leur temps à discuter leur amour. Sujet palpitant entre tous, car tous deux savaient qu'ils n'étaient pas des amants inintelligents et ordinaires. Ils s'aimaient avec leur esprit, aussi bien qu'avec leur corps, et ils comprenaient absolument pourquoi ils s'aimaient. Quelquefois Alan se demandait comment Mrs Pawle, si pieuse, faisait cadrer son amour et sa religion. Mais, après tout, il pensa qu'il valait mieux ne pas lui demander d'explications à ce sujet. Que ferait-elle au sujet de la confession ? Quant à lui, malgré tout le réconfort qu'il en avait retiré, il savait bien qu'il n'y retournerait jamais. En cela, Mrs Pawle fut tacitement d'accord avec lui. Lorsque le jour d'aller à confesse fut arrivé, une migraine violente l'empêcha de s'y rendre.

II

Lorsque Mrs Pawle et Alan ne discutaient pas de leurs amours et d'eux-mêmes, ils parlaient de Fred. Et malgré l'attirance qu'avaient pour eux les deux premiers sujets de conversation, ils faisaient grand cas du troisième. Ainsi la véritable nature de Fred fut graduellement révélée à Alan, et il en frémit d'horreur. Il lui semblait incroyable qu'un pareil monstre puisse exister insoupçonné dans une communauté de gens civilisés. Mais Mrs Pawle ne pensait pas qu'il fût unique en son genre.

— Je crois même, dit-elle, qu'il est très ordinaire. C'est vous, Alan, qui êtes unique. Il n'y a pas un homme sur terre comme vous, mon chéri.

Sans prendre à la lettre les douces paroles de sa maîtresse, Alan se flatta de ne ressembler à Fred en aucune façon. Les révélations au sujet de Fred ne venaient pas toutes à la fois, mais petit à petit, jusqu'à ce qu'Alan fut absolument convaincu de toutes les iniquités de celui-ci. Il savait que Fred n'était pas fidèle, qu'il était avare et dur, mais il ne savait pas qu'il était positivement cruel.

III

Et depuis ce jour-là, la conduite du docteur Pawle à l'égard de sa femme devint pour lui une véritable obsession. Il la questionnait constamment au sujet de son mari, et plus elle lui faisait de révélations, plus il était horrifié. Il lui était intolérable de rester passif dans l'affaire, et ainsi d'encourager Fred dans ses méchancetés par sa propre complaisance. Mais il apaisait sa conscience en se promettant qu'un jour il prendrait Fred à partie et lui dirait que cet état de choses devait cesser. Il était conscient de ses responsabilités, et le grand amour qu'il avait voué à Mrs Pawle le constituait son unique protecteur. Oui, un jour il prendrait Fred à partie et le remettrait à sa place... Quelle était exactement la place de Fred ?

IV

Quelques jours après son retour de Londres, Fred fut appelé un soir après le dîner auprès d'un malade. C'était pour un accouchement, et Mrs Pawle, qui connaissait la sage-femme — une personne très capable —, assura Alan qu'elle ne dérangerait certainement pas le docteur avant que ce ne soit nécessaire. C'était pour eux deux une chance inespérée. Donc, après que la femme de chambre eut débarrassé le plateau à café, — ils savaient qu'ils avaient deux heures devant eux —, et aucune crainte que le docteur ne leur arrive à l'improviste. C'était le premier soir que Mrs Pawle et Alan se trouvaient seuls depuis leur nuit merveilleuse !

Alan se carra confortablement dans son fauteuil et se sentit une fois de plus le maître de la maison de Fred. Mrs Pawle était tout près de lui et ils se tenaient par la main.

— Enfin, nous allons pouvoir parler tranquillement, dit-elle. De quoi allons-nous parler ?

Mais Alan avait une merveilleuse idée. Sa bouche était sèche et son cœur battait affreusement vite...

— Chérie, dit-il d'une voix étranglée, il n'y a aucun danger..., montons dans ma chambre.

— Non, Alan, c'est impossible !

— Pourquoi ? Vous dites vous-même que nous sommes seuls et tranquilles. Allons, venez !

— Non. Et puis, mon chéri, dit Mrs Pawle tristement, je vous ai dit qu'il ne fallait plus songer à cela.

— Oui, mais je ne l'admets pas. Vous savez bien que rien ne peut cesser entre *nous*. Evelyn, je vous en supplie !

— Bien, nous verrons plus tard, dit Mrs Pawle plus faiblement.

— Non, ce soir, chérie, montons.

— Ce soir, c'est vraiment impossible. Steadman fait les couvertures et sera tout le temps en train de rôder autour de nous. Il faut que vous soyez raisonnable, mon Dieu.

— Mais il y a la chambre de débarras.

— Oui, et aussi la cave et le grenier, sans compter la salle de bains ! Allons, Alan, il faut être patient.

Et Mrs Pawle lui serra la main fortement. Mais Alan n'était pas résigné. Il sentait qu'une occasion inespérée lui échappait.

— Eh bien ! si vous ne voulez pas monter avec moi, venez vous asseoir sur mes genoux, dit-il.

— Non. (Mrs Pawle sourit.) C'est ridicule pour une femme plus âgée de s'asseoir sur les genoux d'un homme plus jeune qu'elle !

— C'est stupide, chérie ! Vous ne serez jamais ridicule, même si vous essayez de le paraître.

— Mais je n'essayerai même pas, dit Mrs Pawle en hochant la tête.

— Chérie, je veux que vous veniez vous asseoir sur mes genoux.

— Et moi, chéri, je ne le veux pas.

Alan était furieux. Il avait même l'impression étrange qu'il n'aimait plus Mrs Pawle. Peu lui importait ce qui pouvait arriver par la suite, mais il fallait qu'elle lui cédât, et maintenant !

— Alan, vous êtes vraiment absurde.

— Il n'y a rien à faire, Evelyn, vous allez venir vous asseoir sur mes genoux, ou faut-il... que je vous y oblige.

Au grand étonnement d'Alan, Mrs Pawle se mit à pleurer. Il en fut ému, mais non moins résolu. Il souhaita ardemment trouver une solution honorable à cette situation déplaisante. Pourquoi Fred ne revenait-il pas ? Pourquoi le téléphone ne sonnait-il pas ? Pourquoi Mrs Pawle n'avait-elle pas le bon sens de remonter dans sa chambre ?

— Allons, Evelyn, venez ! répéta-t-il, comme un phonographe.

Enfin, après un dernier sanglot, Mrs Pawle se décida et vint se laisser choir sur ses genoux.

— Voilà ! et je vous déteste, dit-elle, en enfouissant son visage dans l'épaule d'Alan. Je vous ai cédé et je ne voulais pas. Il faudra que je vous obéisse toujours à présent ! Oh ! comme je vous déteste.

Alan était excessivement flatté. Il la caressa et la consola, jusqu'à ce qu'elle devînt trop lourde. Lorsque, enfin, il bougea avec énormément de tact, Mrs Pawle ne voulut plus s'en aller. Mais, hélas ! il y avait une boîte d'allumettes dans la poche d'Alan, et Evelyn était juste assise dessus. Alan résista stoïquement, mais, à la fin, n'y tenant plus, il redéposa délicatement Mrs Pawle sur sa chaise.

V

Mrs Pawle et Alan discutèrent avec beaucoup d'intérêt la défaite de celle-ci. Ils en parlèrent toute la soirée. Alan, à vrai dire, était un peu étonné de voir Mrs Pawle si heureuse de sa soumission. Quant à lui, il était tout fier de se trouver tout d'un coup si autoritaire.

— Je devais céder, dit-elle, je ne pouvais m'en empêcher et je suis heureuse de l'avoir fait.

— J'étais décidé de vous faire céder, répondit Alan.

— Vraiment ? Je ne vous croyais pas comme cela !

— Je vous ai dit que vous ne me connaissiez pas encore !

— Et je croyais vous connaître si bien ! Enfin, vous me comprenez, n'est-ce pas, Alan ?

— Je vous comprends et je vous aime !

— Si je ne vous avais pas obéi, lui demanda Evelyn, m'auriez-vous forcée de le faire ?

— Oui, si cela avait été nécessaire, répondit Alan modestement.

— Alors, vous êtes décidé à ce que je fasse toutes vos volontés ?

— J'y suis très décidé, répondit-il. Mais, dites-moi, ma chérie, me détestez-vous toujours ?

— Non, je crois que je vous respecte. C'est pourquoi je veux vous obéir et vous n'aurez pas besoin d'user de votre force. Je ne pouvais faire autrement que de vous céder.

Alan, heureux de n'avoir pas à se fatiguer à mesurer sa force physique contre celle de Mrs Pawle, acquiesça de la tête.

— Ce fut une défaite morale pour vous et c'est d'autant plus significatif.

— Vous êtes terriblement autoritaire, n'est-ce pas, Alan ? soupira Mrs Pawle.

— En général, j'obtiens tout ce que je veux.

— Alors il faudra que je vous cède en tout ?

— Oui, mon amour ! dit l'heureux amant en dévorant sa proie avec des yeux d'adoration.

Mrs Pawle se leva, installa un coussin par terre, près d'Alan, et s'assit dessus entre ses deux genoux.

— Voici ma place, dit-elle en riant : aux pieds de mon jeune amoureux si autoritaire ! Mais sérieusement, ajouta-t-elle, je suis ravie de ce qui s'est passé ce soir !

— Vraiment, ma chérie, dit Alan en lui caressant les cheveux. Et pourquoi ?

— Parce que je crois que cela a été bon pour vous. Vous n'étiez jamais sûr de vous — même avant.

— Je ne sais pas...

— Non, Alan, je sais que vous ne l'étiez pas. Mais maintenant vous avez acquis de l'assurance. Je le sais.

Alan, qui jouait avec une des jolies petites oreilles blanches d'Evelyn, tout en admirant sa finesse et sa forme parfaite, lui dit en riant :

— Vous allez bientôt dire que vous m'avez cédé pour mon bien !

— Non, non, mon chéri ! répondit Mrs Pawle. Vous avez pris confiance en vous-même, car vous savez que vous en manquiez totalement. Vous avez pris confiance rien que par l'effort de votre volonté. Vous avez le dessus sur moi, qui sais aussi vouloir quand je le peux. Et voilà deux choses que j'ai faites pour vous !

— Deux ?

Mrs Pawle leva vers lui ses yeux brillants d'amour. Elle lui parla doucement.

— J'ai voulu que vous ayez votre première expérience amoureuse avec quelqu'un que vous aimiez d'amour et qui vous l'aurait rendu. Je ne pouvais supporter l'idée de vous savoir allant vers quelque femme vilaine et vulgaire... rien que par curiosité.

— Ma chérie ! Ma chérie ! murmura Alan tout ému.

VI

Il fut maintenant entendu que Mrs Pawle devait obéir en toutes choses à son jeune « amant autoritaire ». Et pendant plusieurs jours Alan eut le plaisir d'exercer son pouvoir sur Evelyn. Il l'emmenait à la plage, alors qu'elle aurait dû s'occuper de sa maison ou arranger ses fleurs, et il la gardait le plus possible auprès de lui. Mrs Pawle obéissait volontiers à tous les ordres de son nouveau seigneur. Mais un jour il lui demanda quelque chose de plus important qui serait la preuve évidente de sa capitulation. Ce fut une lettre de sa mère qui lui mit cette idée en tête, et il ne perdit pas de temps à la soumettre à Mrs Pawle, aussitôt que Fred se fut retiré dans son cabinet. Dans cette lettre, Mrs Littlewood racontait à Alan que des amis à elle, actuellement à l'étranger, la priaient d'accueillir leur fille qui devait arriver à Londres pour y passer la nuit et repartir le lendemain dans le comté de Cornouailles. Ces amis mettaient leur appartement à la disposition de Mrs Littlewood pour la nuit que leur fille devait passer à Londres. Mrs Littlewood avait tout de suite écrit à Alan pour venir aussi passer vingt-quatre heures dans la capitale. Il pourrait également loger dans l'appartement de leurs amis, et ainsi elle aurait le plaisir de voir son fils. Elle lui suggérait aussi qu'ils pourraient s'arranger pour passer ensemble une agréable soirée : dîner au restaurant et aller ensuite au théâtre. En lisant la lettre de sa mère, l'idée vint à Alan que Mrs Pawle l'accompagnerait à Londres. Alan fit part à Mrs Pawle de ce plan magnifique, mais elle l'accueillit par un éclat de rire :

— Mais, mon pauvre enfant, pensez-vous que Fred me permettra jamais d'aller à Londres avec vous ? Mais non ! Il ne peut pas en être question.

Alan insista. Il expliqua à son amie que l'on pourrait dire que Mrs Littlewood avait invité Mrs Pawle à accompagner Alan à Londres afin de lui faire profiter aussi de la soirée agréable qu'elle avait projetée. Mais Mrs Pawle répétait sans cesse que Fred ne l'y autoriserait jamais.

Alors Alan redevint autoritaire :

— Ecoutez, ma chérie. Vous allez venir avec moi à Londres, parce que je le veux. Vous allez en parler à Fred aujourd'hui même. Vous n'allez pas demander de permission. Vous n'avez qu'à trouver un prétexte pour y aller. Et puis voilà !

Mrs Pawle fut impressionnée par tant de décision.

— Eh bien ! mon amour ! Puisque vous le désirez... Et puis ce serait si beau d'être tous les deux à Londres !... Mais j'ai peur. Il sera terriblement fâché !

Mais Alan, trop heureux pour craindre quoi que ce soit, calma les craintes de sa maîtresse :

— N'ayez pas peur, Evelyn chérie ! Que peut-il vous faire ?

Mrs Pawle le regarda d'un air étrange :

— Il peut essayer de me faire du mal, dit-elle.

— Que voulez-vous dire ?

Mrs Pawle, pensive, roula une petite boule de pain entre ses doigts, car ils étaient à la table du petit déjeuner.

— Il ne faut pas me blâmer, dit-elle lentement, si j'ai peur des colères de Fred. J'ai mes raisons pour cela.

Alan sentit à nouveau sa poitrine se gonfler de colère.

— Quelles raisons ?

— Il y a des choses que je ne vous ai pas encore dites.

— Dites-les-moi tout de suite, gronda-t-il.

Mrs Pawle leva sur lui ses grands yeux tristes :

— Savez-vous que par deux fois Fred m'a presque tuée dans ses colères. Une fois il a tenu un oreiller serré sur ma figure jusqu'à ce que je ne puisse plus respirer. J'ai cru mourir et je crois qu'il a regretté que je ne sois pas morte tout à fait. La seconde fois il a voulu me renverser avec son auto pendant que je lui ouvrais la grille du jardin. Nous nous étions disputés ce jour-là, et je suis certaine qu'il voulait me tuer.

Alan étouffait.

— Est-ce possible, s'écria-t-il, que Fred fasse une chose pareille !

Mrs Pawle eut un petit rire amer qui lui transperça le cœur :

— Mon enfant chéri, vous ne connaissez pas Fred. Il m'a pourtant dit que, s'il me tuait un jour, ce serait de ma faute. Je l'irrite, paraît-il, lorsqu'il est nerveux. Peut-être, après tout, est-ce de ma faute. Il m'a dit que bien des médecins tuent leurs femmes et que personne n'en sait jamais rien. Il y a des douzaines de façons de procéder. Il m'a dit qu'il me percerait le cerveau en m'introduisant une aiguille à tricoter dans l'oreille. Et pendant des semaines et des semaines j'ai tremblé de crainte chaque soir, lorsque je devais me coucher auprès de lui. Alors, mon amour, il ne faut pas me blâmer si j'ai quelquefois peur de mon mari !

Alan put enfin articuler :

— Mais pourquoi ?... Pourquoi veut-il vous faire du mal ?

Mrs Pawle haussa les épaules :

— Je suppose que bien des maris ont parfois envie de tuer leurs femmes. Mais peut-être qu'ils ne le disent pas à l'avance. Cependant Fred est différent... Je vous ai déjà dit qu'il était un peu... bizarre.

— Plus que bizarre, grogna Alan.

Il était à la fois furieux et abasourdi. « Je mettrai fin à tout cela », se dit-il. Et encore une fois il se demanda : « Mais comment ? » En attendant il dit à Evelyn :

— Puisqu'il en est ainsi, peut-être vaudrait-il mieux ne pas lui parler de notre petit voyage à Londres.

— Non, mon amour. (Et la voix de Mrs Pawle se fit solennelle.) Vous m'avez dit de lui en parler, et ce sera fait selon votre désir.

— Mais je ne savais pas alors qu'il était comme cela.

— Cela ne fait rien, dit Evelyn, redevenue gaie. Je courrai tous les risques pour cette petite fugue. Et puis je désire connaître votre maman. Et, Alan, quelle robe voulez-vous que je mette ?

VII

Fred garda son calme olympien à la nouvelle que sa femme voulait aller à Londres passer une soirée avec Mrs Littlewood. Bien plus, il lui donna sa bénédiction et cinq livres pour faire des courses. Tout cela rendit Alan perplexe. Aucun de ces gestes ne correspondait au véritable tempérament de Fred. Mais Mrs Pawle fournit bien vite une explication :

— C'est très net, il veut sa liberté et veut en user à sa guise.

— Bien sûr !

Alan se gourmandait pour n'avoir pas vu l'évidence.

— Probablement une nouvelle conquête qu'il veut me cacher, ajouta négligemment Mrs Pawle.

Et Alan pensa qu'elle avait vraiment l'esprit large. C'est si rare une femme qui n'est pas mesquine !

CHAPITRE XI

I

Fred les accompagna à la gare, leur acheta des journaux illustrés et resta sur le quai jusqu'à la dernière minute. Il semblait si gai qu'Alan comprit que l'explication de Mrs Pawle devait être la bonne.

— Il me semble que j'accompagne deux enfants partant en vacances au bord de la mer, dit le docteur ; vous avez l'air si excités tous les deux.

Alan essaya, sans grand résultat d'ailleurs, de prendre un air calme et pondéré. Ce serait si affreux si la vérité effleurait l'esprit de Fred et s'il arrachait sur l'heure Mrs Pawle de son compartiment pour la ramener à Silverdale ! Mais non, le docteur était toujours joyeux.

— Au revoir, les enfants, cria-t-il, tandis que le train s'ébranlait, amusez-vous bien !

Au bout de quelques minutes, Alan poussa un immense soupir de soulagement. Tout allait être parfait. Il se jeta sur Mrs Pawle et l'écrasa contre lui, sans aucun égard pour sa belle robe ni pour son chapeau des dimanches !

— Chérie, chérie ! cria-t-il, au comble de la joie, vous voyez, nous avons réussi !

Mrs Pawle se dégagea en riant.

— Oui, mon chéri, « vous » avez réussi. Mais je crois qu'il vaut mieux que j'enlève mon chapeau !

Alan s'assit sur la banquette et contempla Mrs Pawle avec ravissement.

— Je n'ai jamais rencontré une femme comme vous, Evelyn. Une autre aurait poussé des hurlements à l'idée qu'on lui abîmait son chapeau.

— C'est que j'aime à être brutalisée, probablement, dit Mrs Pawle en riant.

— Non, c'est que vous êtes merveilleuse dans toutes les circonstances. Et maintenant j'ai quelque chose à vous dire... Alan n'avait pas révélé tout son programme à Mrs Pawle. Il voulait être loin de Sambourne et de Fred pour lui apprendre toute l'ingéniosité de son plan ; il n'était d'ailleurs pas sûr qu'il lui plairait.

C'était pourtant bien combiné : Mrs Pawle avait retenu une chambre à l'hôtel Lennox (c'était *le* bon hôtel où descendait la société élégante de Seaport, quand elle venait à Londres). Alan aussi allait prendre une chambre au Lennox, indépendamment d'elle et sous un faux nom. Puis, quand toute sa famille à Clarencegate dormirait du sommeil du juste, il sortirait subrepticement et courrait jusqu'au Lennox. Là il se glisserait de sa chambre jusqu'à celle de Mrs Pawle, et, à l'aube venue, il retournerait à Clarencegate. Alan ne voyait pas de fissure dans son plan. Il y avait bien réfléchi. Il avait même emporté deux valises, au grand amusement de Fred. Il raconta tout cela rapidement, et d'une voix suppliante, au cas où Mrs Pawle s'opposerait au projet. Mais, à sa grande joie, Mrs Pawle battit des mains et eut l'air ravie.

— Mais, chéri, croyez-vous que ce soit très prudent ?

— Rien ne peut être plus prudent, dit Alan, partagé entre l'excitation et le soulagement. Alors, c'est d'accord ?

Mrs Pawle se mit à rire et se pencha en avant pour embrasser Alan qui était en face d'elle.

— Ce sera merveilleux, dit-elle.

II

Alan avait écrit à sa mère qu'il ne serait à l'appartement qu'à 6 heures. Il voulait auparavant aller déjeuner avec Mrs Pawle, puis l'emmener en matinée. Ils allèrent dans un restaurant de Wardour-Street, où on leur donna du homard à la mayonnaise et une bouteille de vouvray mousseux. Alan ne se souvenait pas d'avoir jamais fait un meilleur déjeuner. Il était aussi très fier de sa compagne. Mrs Pawle était vraiment parfaite. Elle n'était pas trop élégante et n'avait cependant rien de provincial. Elle était beaucoup plus distinguée que les autres femmes du restaurant. Ses vêtements eux-mêmes étaient distingués : son chapeau, ses gants, ses souliers formaient un harmonieux ensemble. Mrs Pawle avait expliqué à Alan qu'elle se donnait beaucoup de mal pour les détails. Elle était bien maquillée, mais pas trop, Dieu merci ! Aucune des autres femmes présentes ne lui est comparable, pensa Alan avec orgueil et satisfaction. Alan paya la note et appela un taxi d'une voix impérative. Il restait encore une livre sur les cinq livres de Fred, et Alan la gardait pour les taxis.

Alors arriva le moment qu'Alan redoutait le plus. Mrs Pawle avait déjà été au Lennox et y avait laissé son nécessaire de voyage, pendant que son compagnon se cachait discrètement derrière l'hôtel. Puis il avait été à la gare de Piccadilly, où lui-même avait laissé la valise en consigne. Alan n'était pas très habitué à séjourner dans les hôtels, et l'idée de s'inscrire sous un faux nom dans un de ces importants établissements le remplissait de crainte. Il n'y avait pourtant aucune raison de trembler, et il se le répétait à chaque moment. Et pourtant, dans son imagination, il voyait le préposé à la réception le montrant du doigt d'un geste accusateur et lui disant : « Votre nom n'est pas James Harrison. Vous comptez vous servir de cet hôtel pour des buts immoraux. Veuillez attendre un instant que j'appelle le directeur, et probablement aussi la police ! » Mais, en fait, comment cet employé pouvait-il deviner que James Harrison était un faux nom ? C'était tout à fait impossible, et cependant Alan ne se sentait pas à son aise lorsque son taxi l'amena devant le porche imposant du Lennox. Un groom se saisit de sa valise, et Alan, s'efforçant de se donner une allure courageuse, marcha jusqu'à la petite cage en verre où était confiné le secrétaire à la réception, tel quelque animal exotique du Zoo.

Il sembla à Alan, après quelques minutes d'attente, que cet employé n'allait pas s'occuper du tout de lui ce jour-là, quand, tout d'un coup, il ouvrit sa petite porte vitrée, et, d'un air excédé, lui fit l'extrême faveur de lui demander ce qu'il voulait. Alan, qui avait retrouvé son aplomb, lui dit d'une voix ferme qu'il désirait une chambre pour la nuit.

L'employé en question, au grand soulagement d'Alan, parut trouver cette suggestion tout à fait normale. En tout cas, il ne le regarda pas d'un air soupçonneux et ne le menaça pas d'appeler le directeur. Il se contenta de feuilleter son registre, et finalement lui dit : « Oui, j'ai une chambre à un lit, le n° 112. » Alan s'empressa de signer du nom d'un Mr James Harrison, totalement inconnu ; puis, quand il fut installé dans la chambre tant convoitée, il poussa un soupir de soulagement en disant : « Enfin, ça y est ! »

III

— Eh bien ! cher enfant, mieux vaut tard que jamais ! dit Mrs Littlewood lorsque, vers le soir, Alan alla la voir dans l'appartement mis à sa disposition. Il l'embrassa sur les deux joues.

— Heureux de vous revoir, mère, mais, ajouta-t-il, je ne suis pas en retard, il est à peine 6 heures.

— Tu es tout à fait à l'heure, dit Mrs Littlewood, froidement.

Ses lèvres étaient minces et serrées. Alan comprit qu'elle était vexée, parce qu'il ne s'était pas précipité pour aller l'embrasser aussitôt débarqué du train. Il essaya donc de changer de conversation. Il parla vite et un peu nerveusement.

— Mais dites donc, mère, quel merveilleux appartement ! Comme c'est aimable aux Greeham de nous le prêter. Où est ma chambre ? Et Betty, est-elle ici ?

Betty Greeham était la jeune fille que Mrs Littlewood devait piloter pendant son court séjour à Londres.

— Betty est dans sa chambre et voici la tienne. Mais quelle grande valise tu as apportée, rien que pour une nuit, ajouta Mrs Littlewood en souriant. Tu as dû te fatiguer à la porter jusqu'ici.

— Oh ! j'ai pris un taxi, répondit Alan.

Mrs Littlewood fronça les sourcils. Depuis la mort de son mari, elle s'était trouvée dans la nécessité de compléter l'éducation de ses trois enfants avec insuffisamment d'argent. L'économie était devenue un fétiche pour elle. Ne dépensant jamais un sou inutilement, elle avait espéré que cet exemple serait suivi automatiquement par ses enfants. Mrs Littlewood aurait marché des kilomètres plutôt que de prendre un taxi.

Alan, voyant le mécontentement de sa mère, essaya encore une fois de changer de conversation.

— Avez-vous pensé à retenir des places de théâtre pour ce soir ? dit Alan en commençant à défaire sa valise.

— Des places ? Mais non, mon cher, je n'y ai même pas songé ! Je crois que nous pourrions dîner quelque part très simplement, et ensuite aller dans un théâtre quelconque, où nous prendrons des places de parterre.

— De parterre ! s'écria Alan, le cœur chaviré.

Il ne pouvait s'imaginer l'élégante Mrs Pawle dans des places de parterre ! Mais, jusqu'à présent, Mrs Littlewood ignorait sa présence à Londres.

— Ecoutez-moi, mère ! dit-il avec désespoir, j'ai complètement oublié de vous dire que Mrs Pawle est aussi à Londres aujourd'hui. Elle a dû venir pour voir son dentiste et je lui ai demandé de nous accompagner ce soir. Elle désire beaucoup faire votre connaissance.

— Oh ! (Et pour un instant Mrs Littlewood eut l'air abasourdie.) Je ne trouve pas que tu aurais dû faire cela sans m'en parler préalablement.

Alan rougit :

— Je ne pouvais pas faire autrement, dit-il.

— Sans doute. Mrs Pawle est donc seule à Londres ?

— Oui.

— Elle y passe la nuit ?

— Oui, mère.

— Je comprends alors. Eh bien ! je ferai sa connaissance, mais, je te répète, tu n'aurais pas dû l'inviter à passer la soirée avec nous sans me consulter.

— Oh ! Je paierai sa place, et la mienne aussi, s'écria Alan rouge de colère, car je suppose que c'est cela qui vous gêne, n'est-ce pas ?

Mrs Littlewood pinça les lèvres, mais ne dit rien.

— J'ai encore un peu d'argent de reste sur ma pension, grommela-t-il, regrettant déjà sa grossièreté vis-à-vis de sa mère, mais n'ayant encore aucune envie de s'en excuser.

— Nous verrons cela, répondit Mrs Littlewood avec calme.

Puis, voyant le contenu de la valise de son fils :

— Mais, mon cher garçon, pourquoi as-tu apporté ton smoking ?

— Mais bien sûr que je l'ai apporté, répondit Alan, le cœur battant. Ne comptiez-vous pas vous habiller, mère ?

— Je n'en vois vraiment pas la nécessité pour aller au parterre.

— Mais nous ne pouvons pas aller aux places de parterre ! Mrs Pawle...

Mrs Littlewood pinça de nouveau les lèvres :

— Si Mrs Pawle n'aime pas le parterre, interrompit-elle...

Mais, fort heureusement pour les bonnes relations entre mère et fils, elle fut interrompue à son tour.

Quelqu'un frappa à la porte, une voix jeune retentit :

— Alan ! puis-je entrer ?

Et Betty Greeham apparut. C'était une belle grosse fille de seize ans, heureuse de vivre. Elle l'accueillit jovialement, puis demanda tout de suite à quel théâtre lui et sa mère comptaient l'emmener. Après quelques discussions avec Mrs Littlewood, qui désirait voir une pièce classique, il fut décidé qu'ils iraient entendre Leslie Henson, le célèbre comique qui jouait dans une revue à la « Gaieté ».

— Je crains bien que tu ne trouves plus de place pour cette revue, dit Mrs Littlewood, les lèvres toujours pincées.

Alan se précipita au téléphone. Le contrôle de la « Gaieté » ne pouvait donner que deux fauteuils d'orchestre et deux fauteuils de balcon au premier rang.

— Je prends les quatre, dit Alan en donnant son nom.

Puis, n'ayant pas le moindre désir de consulter sa mère, il téléphona à Mrs Pawle à l'hôtel Lennox pour fixer le rendez-vous du dîner. N'ayant aucune idée des restaurants de Londres, il proposa au hasard celui où ils avaient déjeuné ensemble.

— Mais, Alan, dit sa mère, vraiment tu aurais pu me laisser le choix du restaurant.

— Mon Dieu ! s'écria celui-ci, il est déjà 6 h 10 et nous dînons à 7 ! Je dois encore me changer. Dépêche-toi, jeune Betty ! Nous partons d'ici dans vingt-cinq minutes, que tu aies une robe sur le dos ou que tu n'en aies pas !

IV

Alan s'habilla. Il était furieux. « C'est toujours la même chose, se dit-il. Quoi que nous fassions, mère gâche tout. »

Et maintenant il sentait qu'elle avait pris Mrs Pawle en grippe. Qu'il avait été bête d'arriver en retard pour voir sa mère. Elle avait certainement des soupçons sur ses relations avec Mrs Pawle. Enfin Evelyn avait du tact ; on pouvait encore espérer qu'elle ne s'apercevrait de rien ! « Et pourquoi, diable ! grogna-t-il, n'at-elle pas apporté une robe du soir. » Que penserait Mrs Pawle, toujours si délicieusement habillée, en voyant sa mère dans son tailleur noir et son chapeau qui ressemblait à une casserole. La soirée allait sûrement être ratée. Peut-être même n'admettrait-on pas Mrs Littlewood aux fauteuils d'orchestre ou de balcon, où, certainement, la tenue de soirée était de rigueur.

Ce fut donc de mauvaise humeur et persuadé que la soirée serait un fiasco, qu'Alan dépêcha sa mère et Betty en direction du restaurant.

Pourtant, et malgré tout, les choses s'arrangèrent pour le mieux. La soirée fut même un succès. Premièrement, Mrs Littlewood ne mit ni son tailleur ni son « chapeau casserole ». Elle portait une robe noire qui pouvait passer pour une robe du soir. Mrs Pawle, bien entendu, était en grande toilette, et ses mousselines diaphanes, bleu delphinium, s'harmonisaient divinement avec ses yeux. Puis, par un heureux hasard, le restaurant plut à Mrs Littlewood. Ils commandèrent le menu du jour qui fut étonnamment bon marché en comparaison du « déjeuner à la carte » qu'Alan et Mrs Pawle avaient eu à midi. Alan eut aussi l'heureuse inspiration de commander du « cup », et ainsi fut résolu le problème toujours embarrassant : à savoir s'il faut commander une bouteille de vin ou deux pour quatre. Et finalement, par miracle, Mrs Littlewood sympathisa avec Mrs Pawle.

Le moral d'Alan remontait à mesure qu'il s'apercevait de la bonne entente entre sa mère et Evelyn. Mrs Pawle fut naturellement charmante, pleine de déférence envers Mrs Littlewood, tout en conservant son aisance et sa dignité de femme du monde. Avant la fin du dîner les deux femmes causaient ensemble comme de vieilles amies, échangeant même des anecdotes au sujet d'Alan. Mais Mrs Pawle ne raconta pas qu'un soir il s'était déguisé en femme et avait gagné un pari de cinq livres. Après le dîner, ils se hâtèrent de gagner le théâtre de la Gaieté, car le spectacle commençait à 8 h 1/4. Mrs Littlewood, après quelques manières, s'installa dans un des fauteuils de balcon, et il fut décidé que chacun des trois autres lui tiendrait compagnie à tour de rôle. Alan s'arrangea pour être auprès de Mrs Pawle aux fauteuils d'orchestre pendant le dernier acte, et ce fut sa récompense de toute la soirée. Il lui tenait la main sous sa cape de velours bleu, et la serrait de temps en temps dans la sienne. Tous deux étaient parfaitement heureux.

Après le théâtre, Alan coupa court aux adieux. Il mit Mrs Pawle dans un taxi, et en héla un autre où il monta avec sa mère et la jeune Betty. Mrs Littlewood trouva qu'ils auraient tout aussi bien pu prendre l'autobus, mais Alan était pressé. Arrivés à l'appartement, Mrs Littlewood s'installa dans la chambre de son fils avec le désir d'une longue conversation. Alan ne put faire autrement que de lui accorder un quart d'heure pendant lequel il répondit à toutes ses questions. Puis, prétextant la fatigue, il s'excusa auprès de sa mère et lui conseilla d'aller se coucher. Aussitôt qu'il fut seul, il se déshabilla, mit son pyjama, alla à la salle de bains. Puis il rentra dans sa chambre et remit ses vêtements de jour. Son cœur battait, sa gorge était sèche, et il but coup sur coup deux verres d'eau fraîche. Il était fiévreusement impatient de s'en aller, et, d'autre part, il avait peur. Il attendit encore une demi-heure, puis sortit de l'appartement sur la pointe des pieds, et avec d'infinies précautions ferma derrière lui la porte d'entrée. La clef était dans sa poche. Il fut étonné de trouver encore tant de monde dans les rues. Mais, après tout, il n'était que minuit et quart. Il n'y avait rien d'extraordinaire à ce qu'un jeune homme à Londres rentrât à cette heure-là à son hôtel.

Ce ne fut pas le même employé qu'il trouva à la réception. Celui-ci, souriant et aimable, fit la remarque que le temps était chaud et qu'il y aurait sûrement de l'orage. Puis il demanda à Alan s'il savait manier l'ascenseur, Alan lui répondit que oui. Sa chambre était deux étages au-dessus de celle de Mrs Pawle. Elle était très confortable, et ce fut presque à regret qu'il la quitta, armé d'une serviette-éponge pour avoir l'air de se rendre à la salle de bains. Il était nerveux et il avait beau se dire qu'il n'avait rien à craindre, il avait peur. « Je ne suis pas taillé pour les aventures », se dit-il, et arpentant le couloir qui le conduisait à la chambre de Mrs Pawle, il essayait toujours de se donner l'allure d'un jeune homme allant prendre un bain, mais cela n'était pas facile. Il évita d'abord un vieux monsieur qui paraissait le regarder avec insistance, puis enfin au moment même d'entrer dans la chambre d'Evelyn, il se heurta à la femme de chambre de l'hôtel. Il dépassa la porte, ayant toujours l'air de chercher la salle de bains, puis quand enfin la femme de chambre eut disparu, il retourna sur ses pas. Le cœur battant, les jambes molles, il se trouva sain et sauf dans la chambre d'Evelyn. Celle-ci était couchée. Elle paraissait étonnamment jeune et plus jolie que jamais dans sa souple chemise de nuit en soie bleu pâle. Elle lui tendit les bras :

— Alan, enfin ! Mon amant ! Mon bien-aimé !...

V

Alan quitta l'hôtel Lennox le lendemain matin à 6 h 1/2. Il était ivre d'amour. Il n'avait jamais rêvé qu'il pouvait y avoir tant de bonheur sur terre. S'il avait aimé Mrs Pawle jusqu'à présent, maintenant il l'adorait. Elle était sa déesse, elle représentait toute sa vie, toute sa compréhension. Fou de joie, il se rhabilla, chiffonna son lit, puis descendit dans le hall de l'hôtel. Le même employé à la réception, qu'il avait vu la veille, était toujours à sa même place. Il lisait un roman, et lui dit bonjour en souriant. Alan lui sourit aussi et se souvint qu'il devait lui dire quelque chose pour expliquer sa sortie à une heure aussi matinale.

— Je vais à la messe à la cathédrale de Westminster.

Mrs Pawle lui avait bien recommandé de le dire. Il ajouta même :

— A la cathédrale et non pas à l'abbaye. Est-ce loin d'ici ?

— Oui, assez loin, répondit l'employé. A votre place, je prendrais un taxi.

— Oui, répondit Alan, toujours en transe. Je vais prendre un taxi. Merci beaucoup.

— De rien, dit poliment le jeune homme.

Effectivement Alan prit un taxi et, par ce moyen, se rendit à nouveau à l'appartement de Clarencegate-Gardens. Il y entra sans bruit et à nouveau traversa le couloir sur la pointe des pieds. Une fois arrivé dans sa chambre, il regarda autour de lui avec étonnement. Six heures auparavant, il avait quitté cette chambre, et depuis il avait découvert un monde nouveau, un monde magnifique et miraculeux. Il y a six heures, il n'était guère plus qu'un ver de terre, ne connaissant rien. Mais maintenant il était favorisé entre tous les hommes. Il savait des choses qu'il n'aurait jamais dû connaître. Il était saturé de joie. Toujours dans un rêve, il se déshabilla lentement. Mais une fois couché, il se rendit compte qu'il était très fatigué et s'endormit tout de suite.

VI

Le lendemain matin, au petit déjeuner, Mrs Littlewood paraissait très préoccupée. Sa bouche était plus pincée que jamais. Elle ne parla pas du tout pendant le repas. Alan s'attendait à quelque ennui de première grandeur, en se demandant avec inquiétude ce qui avait pu se passer. Sa mère avait paru de si bonne humeur pendant toute la soirée de la veille. Elle avait même ri au théâtre, ce qui, évidemment, ne lui arrivait pas souvent.

Après le déjeuner, Mrs Littlewood devait conduire Betty à la gare de Paddington. Avant de partir, elle dit à Alan :

— Je te prie de te trouver ici lorsque je rentrerai. J'aurai à te parler.

— Parfait, répondit Alan en dissimulant son appréhension.

« Allons bon ! se dit-il. Que va-t-il se passer maintenant ? »

Il ne regrettait pas d'avoir à rester quelques heures à l'appartement. Mrs Pawle lui avait dit la veille qu'il devait consacrer toute sa matinée à sa mère. Par contre, elle l'invitait à déjeuner avec elle au restaurant, et ils devaient passer tout l'après-midi ensemble. Il passa donc une heure pas trop désagréable, mais l'inquiétude le gagnait à mesure que le retour de sa mère approchait. Mrs Littlewood n'y alla pas par quatre chemins. Elle posa son sac à main sur la table, puis le dévisagea pendant une minute, et enfin lui dit d'une voix calme :

— Alan, où étais-tu la nuit dernière ?

Cette fois, il eut vraiment peur, car il craignait sa mère, et il le savait. En une seconde, vingt réponses lui jaillirent à l'esprit et furent rejetées. Puis il temporisa comme un écolier pris en défaut.

— Que voulez-vous dire, mère ? Je ne comprends pas.

— Je t'ai entendu sortir de l'appartement. Je suis allée dans ta chambre et tu n'y étais pas. Je n'ai pas dormi de la nuit et je t'ai entendu rentrer à 6 heures du matin.

— Oh !

Alan regarda sa mère et Mrs Littlewood soutint son regard. Il se sentait étonnamment calme, comme cela arrive lorsque la catastrophe tant redoutée éclate enfin. Le fait est tellement moins terrifiant que l'attente.

— Ecoutez-moi, mère ! Je crois qu'il vaut mieux parler franchement. J'étais avec une femme la nuit dernière.

L'expression de Mrs Littlewood ne changea pas. Son regard sévère pesait sur son fils.

— Alan, est-ce que Mrs Pawle est ta maîtresse ?

Alan se mit à rire avec un naturel qui l'étonna lui-même.

— Mais voyons, mère ! s'écria-t-il. Qu'allez-vous chercher là ? Mrs Pawle, ma maîtresse ? Mais jamais de la vie !

— Tant mieux, fit Mrs Littlewood, les lèvres de plus en plus pincées.

Alan dissimula un sentiment de mépris à l'égard de sa mère. Un sentiment très léger, car il la craignait un peu trop pour la mépriser tout à fait. Quelle question absurde ! Et même si Mrs Pawle était sa maîtresse, est-ce que sa mère pouvait supposer un seul instant qu'il l'aurait déshonorée en avouant la chose. Puis, avec un petit choc de surprise, Alan se rendit compte, pour la première fois, que Mrs Pawle était bel et bien sa maîtresse. Il n'avait jamais encore pensé à elle de cette façon-là.

— Si tu as quelque chose à dire, poursuivit sévèrement Mrs Littlewood, tu ferais bien de le dire maintenant.

— Mère, je vous en prie, ne me parlez pas comme si j'étais un monstre ! s'écria Alan avec vivacité. Si vous désirez que nous ayons une conversation à ce sujet, nous pouvons effectivement l'avoir tout de suite. Je pense que vous n'avez aucune idée de la façon dont ma génération traite le problème sexuel. Vous n'en avez même pas la moindre idée.

— Oh ! évidemment, je n'en ai aucune ! répondit Mrs Littlewood aigrement. Et alors ?

Alan resta silencieux un instant. Mrs Littlewood se tut. Puis il reprit :

— Vous paraissez trouver extraordinaire que je fusse avec une femme la nuit dernière. Je ne sais pas si vous vous souvenez, mère, que j'ai vingt et un ans. Ne parlons pas de l'aspect moral de la chose. Quant à la question elle-même, la plupart des garçons en ont fait l'expérience bien avant mon âge. Vous ne voulez pas vous rendre compte que je ne suis plus un enfant et que je suis un homme. Si j'avais vécu il y a quelque trois cents ans, je serais marié depuis longtemps et père d'une nombreuse famille. Heureusement les conditions de la vie moderne ne permettent pas ces mariages prématurés, mais la grande question masculine existe à travers les âges, et vous devez le savoir.

Mrs Littlewood ne répondit pas tout de suite. Pendant un instant, elle eut l'air déconcertée. Puis elle se leva :

— Je comprends, dit-elle avec calme. Et je ne me propose pas de discuter la question avec toi. Tu as fait ce que tu as voulu et ce que tu as cru bien faire. Cependant je ne suis pas d'accord avec toi. Nous regardons la question à des points de vue tout différents. A mon avis, il n'y a rien de commun entre l'idéal et la physiologie. Je ne puis qu'espérer que c'est toi qui as raison et moi qui ai tort.

Très digne, elle quitta la chambre, le laissant seul.

Il sembla à Alan que l'ennemi avait abandonné le champ de bataille, le laissant vainqueur. Il n'avait jamais jusqu'à présent eu le dessus dans une discussion avec sa mère. Quelquefois il se mettait en colère, ce qui n'impressionnait pas du tout Mrs Littlewood. Mais cette fois-ci, c'était différent... Que lui était-il donc arrivé ? Il réfléchit un instant : la cause était juste. Mais il y avait autre chose encore... Enfin il comprit : Mrs Pawle était la raison de sa victoire ! Il avait dit à sa mère qu'il n'était plus un enfant, et il se rendit compte que Mrs Pawle avait fait de lui un homme. Voilà la cause de cette confiance inexplicable qui lui avait permis de faire face à sa mère tranquillement et sans peur ! C'était la connaissance secrète de l'amour de Mrs Pawle et de sa confiance en lui qui avait fait le miracle. Alan eut un élan d'humble gratitude envers elle. Il lui devait tout son bonheur, toute son assurance, et sa reconnaissance envers elle était sans fin...

CHAPITRE XII

I

Ce lumineux mois d'août se termina. Septembre commença avec de belles journées chaudes. Quinze jours s'étaient écoulés depuis l'inoubliable voyage à Londres. Tout ce court épisode de sa vie resta dans la mémoire d'Alan comme une oasis parfumée de roses dans le désert de son amour non consommé... En attendant, Mrs Pawle était le centre de l'existence d'Alan. Non pas qu'elle fût toujours un centre de paix. Parfois elle devenait même un centre d'orage, notamment un jour où Alan refusa péremptoirement d'aller se confesser.

— Je ne peux pas y aller, ma chérie, répéta-t-il tristement. Surtout s'il s'agit de parler de nous, non, vraiment, je ne le peux pas !

— Mais bien sûr qu'il faudra se confesser, mon amour. C'est le pire péché que de ne pas tout avouer et d'accepter quand même l'absolution.

— Mais je ne désire pas d'absolution, et vous n'allez tout de même pas avouer nos relations !

— J'avouerai tout ! J'aurai sans doute une terrible pénitence. Mais je dois tout dire, — il le faut !

— Mais je ne comprends pas, dit Alan de plus en

plus malheureux. Vous ne regrettez pourtant pas ce que nous avons fait ?

Mrs Pawle eut l'air vexée :

— Mais voyons, mon chéri, je ne pourrais pas aller me confesser si je n'étais pas vraiment pénitente !

— Mais, hier encore, nous faisions des plans pour recommencer... pour tâcher de nous retrouver... tous les deux... seuls !... Vous ne comprenez pas ?

— Vous ne comprenez rien, Alan, dit Mrs Pawle, tremblante de colère. Nous n'avons besoin d'absolution que pour les péchés que nous avons déjà commis !

— Ah ! j'ai compris. Nous pouvons, à notre aise, préparer tous nos futurs péchés à l'avance. Les anciens péchés sont morts ! Vivent les nouveaux !

Au grand désarroi d'Alan, Mrs Pawle éclata en pleurs. Entre deux sanglots, elle affirma qu'Alan était méchant, qu'il ne voulait pas même faire une toute petite confession pour lui faire plaisir, qu'elle faisait tout son possible pour le rendre heureux, et voici comment il la récompensait ! Et qu'après tout, il était aussi méchant que Fred, sinon plus !

Ce ne fut qu'au bout d'un quart d'heure qu'Alan put la ramener à sa bonne humeur habituelle, à ses sourires et à ses baisers. L'orage entre eux éclata une autre fois au sujet de Mrs Littlewood. Ils discutaient tous deux sur la possibilité de louer une chambre dans les environs de Seaport, pour que Mrs Pawle et Alan puissent se rencontrer et abriter leurs amours. Evelyn aimait à tirer des plans, et ce fut elle qui souleva l'importante question de la dépense.

Et ce fut alors qu'en déplorant sa coutumière pénurie d'argent, Alan fit allusion à un petit capital que son père lui avait laissé. Mrs Pawle se saisit du sujet :

— Mais je ne savais pas, mon amour, que vous aviez des rentes !

— Je n'en ai jamais eu, répliqua tristement Alan.

— Mais ce capital, si petit soit-il, doit bien vous rapporter quelque chose ?

— Oh ! à peu près cinquante ou soixante louis par an. Cela me sera peut-être utile un jour !

— Mais cet argent est à vous.

— Je pense que oui. J'aurais dû en prendre possession à ma majorité, mais je suis toujours un peu nébuleux sur les questions d'intérêt.

— Mais, voyons, Alan, qu'est devenu cet argent depuis la mort de votre père ?

— Oh ! je pense que ma mère a dû s'en servir.

— Il me semble qu'elle aurait dû accumuler vos rentes jusqu'à votre majorité.

Alan se mit à rire :

— Il y a bien peu de marge à accumuler des rentes dans notre pauvre maison !

— Mais cet argent n'était pas à elle. Il était à vous !

— Mon Dieu, oui. Vous avez peut-être raison. Mais je n'y ai jamais pensé de cette façon-là !

— Voyons, mon chéri, les affaires sont les affaires. Est-ce que votre mère ne vous a pas remis cet argent le jour de vos vingt et un ans ?

— Non, sûrement pas !

— N'aurait-elle pas dû le faire ?

— Dans un sens, je pense que oui, répondit Alan sans conviction.

— Il faut lui en parler, mon amour, dit Mrs Pawle d'un ton décidé. Le plus vite sera le mieux. On ne saurait être trop pointilleux sur les questions d'argent. Et puis, ajouta Mrs Pawle avec son doux sourire, songez combien cinquante ou soixante louis nous seraient utiles à tous les deux.

— Parbleu ! s'écria Alan, je vais lui écrire aujourd'hui même.

Il écrivit, en effet, mais dans une telle hâte que le résultat fut assez malencontreux. Mrs Littlewood répondit par une lettre amère, lui demandant s'il avait réellement eu l'intention de l'accuser de garder l'argent qui était dévolu à son fils ; elle joignit une liste détaillée des dépenses qu'elle avait dû faire pour son éducation et ses vêtements et ajouta qu'elle avait prié le notaire de donner désormais sa part à Alan directement. Alan aurait dû normalement écrire un mot pour s'excuser si le ton de sa mère n'avait pas été aussi sarcastique. Mais il demeura sur ses positions.

Et puis, il y avait toujours Fred. A son retour de Londres, Alan avait été tout disposé à pardonner à Fred ses injures passées. Mais Fred n'était pas un homme à qui on pouvait pardonner aussi facilement. Alan avait de nouveau oublié une cigarette allumée sur le meuble du vestibule, et Fred lui avait intimé l'ordre, plus péremptoirement, si possible, que la dernière fois, de la retirer. Alan, fou de rage, avait prié le docteur de porter sur sa note tous les dégâts dont il se serait rendu responsable durant son séjour. Et puis il y avait autre chose. Fred semblait avoir eu vent de la sympathie qui unissait Alan et Mrs Pawle. Aussi Alan était-il continuellement sur le qui-vive. A chaque piqûre d'épingle du docteur, Alan rougissait et, plus il paraissait inconfortable, plus profondément Fred enfonçait l'épingle.

— Un de ces jours, je lui dirai franchement combien je vous aime, dit Alan à Mrs Pawle, après un déjeuner particulièrement pénible.

— Mais il le sait, chéri, dit Mrs Pawle, il m'en a parlé.

— Qu'a-t-il dit ?

— Oh ! il ne le prend pas au sérieux et trouve cela très amusant.

— Ah ! oui ? dit Alan sauvagement. Je ne sais pas s'il sera toujours de cet avis.

— Il me taquine quand nous sommes seuls, à cause de vous. Mais nous avons notre consolation, n'est-ce pas ? dit Mrs Pawle en souriant. Dieu seul sait ce qu'il ferait s'il savait. Il m'a déjà frappée pour des vétilles. Que serait-ce ?

— Il vous a frappée ?

— Oui. Une fois simplement, parce que j'avais oublié de lui apporter quelque chose dont il avait besoin. Il m'a fait vraiment mal.

— Celui qui est violent avec une femme est condamné par la société, dit Alan sur un ton doctoral.

Mrs Pawle le regarda avec amour.

— Vous ne serez jamais violent avec moi, chéri ?

— Vous savez bien que non.

— Eh bien ! c'est étrange... mais il me semble que, de votre part, cela me serait égal.

Alan s'intéressa au problème.

— Vous voulez dire que si je vous frappais avec un motif plausible, vous vous laisseriez faire ?

— Oui, je crois. En tout cas, je préfère que vous me frappiez plutôt que de vous voir bouder.

— Alan, êtes-vous sûr de n'être pas du tout sadique ?

— Je n'aurais aucun plaisir à vous battre, si c'est cela que vous voulez dire.

Il y eut un silence. Ils étaient vaguement déçus tous deux qu'Alan n'eût vraiment aucune envie de frapper Mrs Pawle.

— Mais vous vouliez absolument que je m'asseye sur vos genoux, vous vous souvenez ? Cela semblait vous satisfaire de me faire faire quelque chose contre ma volonté.

— C'est vrai, admit Alan.

— Eh bien ! c'est un indice...

— Je crois que j'ai trouvé, dit Alan avec une certaine inquiétude, je suis un sadique mental...

Alan ne savait absolument pas ce qu'est un sadique mental, mais il fut ravi de cette formule qui lui conférait de l'importance.

Mrs Pawle parut impressionnée. Pas un instant Alan ne songea que Mrs Pawle avait autre chose derrière la tête en lui posant ces questions plus ou moins saugrenues. L'idée qu'elle pouvait respecter Fred parce qu'il la battait ne l'avait même pas effleuré, et si on lui avait suggéré que s'il continuait à se conduire en parfait gentleman envers Evelyn, il pouvait fort bien être en danger de la perdre, cela lui aurait paru extravagant : Alan était trop jeune pour savoir que, passé les premières étreintes, l'amour a besoin d'assaisonnement.

Les discussions continuèrent. Tous les jours Mrs Pawle sortait de son étonnante mémoire un nouvel incident propre à exciter la sympathie passionnée d'Alan pour elle et son exécration pour Fred. Pas un moment, Alan ne soupçonna ces histoires d'être légèrement embellies... Le plus clair était qu'il fallait faire quelque chose au sujet de Fred, et quelque chose de terrible.

Mrs Pawle n'avait rien d'une méchante femme. Elle n'avait jamais eu l'intention de dresser Alan contre Fred, pas plus qu'il n'était nécessaire pour se rendre intéressante aux yeux de son jeune amant. Si on lui avait dit ce qui ne pouvait que résulter tôt ou tard de ses paroles, elle aurait été étonnée, incrédule et horrifiée. Elle aurait été aussi indignée, car il y avait certainement une base de vérité dans tout ce qu'elle avait raconté à Alan. Cependant ses révélations troublaient Alan par leur franchise en même temps que l'irritation du jeune homme allait croissant à l'idée qu'une créature aussi exquise qu'Evelyn était unie à cette horrible brute de Fred.

II

Il y a peu d'amours plus compliquées que celles d'un homme jeune et d'une femme plus âgée que lui. Mais Alan et Mrs Pawle suivaient leur instinct. Alan savait ce qu'il devait à Mrs Pawle. Elle lui avait donné confiance en lui-même, elle lui avait enlevé cette affreuse impression d'être seul au monde, incompris de tous, sauf de Kathleen peut-être et de son petit clan d'Oxford ; et par-dessus tout, elle lui avait ouvert des horizons merveilleux auxquels il ne croyait jamais parvenir. Quant à l'opinion publique, elle ne comprendrait jamais rien à leur affaire.

Une idée de la façon dont l'opinion publique les jugerait leur fut fournie par un livre que l'abonnement de lecture de Seaport venait de donner à Mrs Pawle. C'était le récit d'un procès célèbre dont Mrs Pawle se souvenait et qui avait eu lieu quelques années auparavant. Une femme mariée et un jeune homme, son amant, avaient tué le vieux mari de la femme.

— Croyez-vous qu'ils étaient comme nous, chérie ? demanda Alan en riant, penché sur l'épaule d'Evelyn qui lisait le livre. Il vaut mieux que je vous prévienne : je ne veux pas tuer Fred, même avec votre aide. Je lui donnerais volontiers un coup de pied là où je pense. Mais le tuer, non.

— Stupide garçon, dit Mrs Pawle affectueusement. Il n'y a pas de comparaison possible. Du moins, ajouta-t-elle d'un air vertueux, j'espère que je n'ai rien de commun avec cette femme qui était vraiment une horreur.

— Ah ! oui ? elle a pourtant été acquittée.

Alan était d'humeur à chicaner. D'ordinaire, quand Mrs Pawle disait d'une personne qu'elle était « une horreur », Alan ne demandait plus de détails.

— Vous êtes ridicule, Alan. Evidemment, elle n'a pas trempé directement dans le crime. Mais elle avait un mari qu'elle a trompé avec un homme plus jeune qu'elle...

— Deux fois plus jeune, hurla Alan. Vous êtes du même avis que le juge. Mais que penserait-il de nous, ce même juge ?

— Je ne comprends pas ce que vous voulez dire. C'est entièrement différent.

— Pas du tout. Vous avez un mari, après tout, que vous trompez avec un homme plus jeune que vous. N'est-ce pas exact ?

Mrs Pawle parut indignée.

— Cette femme était terriblement vulgaire, et puis... si je suis plus âgée que vous, je n'ai pas deux fois votre âge. Vous n'êtes pas du tout gentil de me jeter tout cela à la tête, ajouta Mrs Pawle d'une voix brisée.

Alan prit dix minutes à réparer les dommages causés par sa sottise.

Quand Mrs Pawle fut enfin calmée, elle revint d'elle-même au cas qui les intéressait.

— Après tout, elle doit avoir quelques excuses, cette

femme, si vulgaire soit-elle. Voyons ce qu'on dit à son sujet.

Bien des choses avaient été dites à son sujet. Notamment quelques remarques du juge admirablement morales. Mrs Pawle tournait les pages du livre, et peu à peu l'héroïne lui devenait plus sympathique. Elle se voyait elle-même au banc des accusés, écoutant les sermons de tous ces vieux juges hypocrites, qui avaient l'air de trouver l'adultère plus grave que le meurtre.

— Elle aimait ce garçon. Son mari était un abominable ivrogne et il la battait.

— Evidemment, Fred ne boit pas, mais... (Mrs Pawle regarda Alan avec ses grands yeux bleus.) Chéri, s'ils voulaient déformer la chose, ils pourraient dire tout cela de moi.

— Mais non, répliqua Alan, à moins que vous ne soyez vous-même au banc des accusés, mais quand même qu'auriez-vous commis pour en arriver là ?

— Non. Mais écoutez-moi bien. Voici ce que dit le juge. « Quant à la femme... »

Mrs Pawle s'arrêta un instant dans sa lecture.

— Oui, continua Alan. Quant à la femme...

— Quant à la femme...

Mrs Pawle poursuivit sa lecture : « vous n'éprouverez pour elle que du mépris. » Puis elle s'interrompit de nouveau.

— Mais pourquoi, pourquoi, s'écria-t-elle pleine d'indignation. Cette malheureuse femme est au banc des accusés et le juge lui dit qu'on ne peut éprouver pour elle que du mépris ! Elle aimait ce jeune homme comme je vous aime, Alan ! Pourquoi doit-on la mépriser ? Que pouvait-elle contre son amour ? Pouvait-elle s'empêcher de l'aimer ?

— Théoriquement, oui, elle aurait dû s'en empêcher.

— Mais elle ne le pouvait pas ! pas plus que moi je ne puis m'empêcher de vous aimer !

Alan essaya de la calmer :

— Mais ne prenez donc pas trop sérieusement ce que l'on dit en Cour de justice.

— Je ne peux pas faire autrement. Ne comprenez-vous pas ? Cela pourrait nous arriver aussi ! Je veux parler d'un procès en divorce ou autre chose similaire ! Voyez, on parle tout le temps de la « passion coupable » de cette femme, et combien c'était inique de sa part d'avoir séduit cc jeune homme. Et pourtant tout ceci n'a rien à faire avec le meurtre. Alan ! Alan, mon chéri, est-ce que je vous ai séduit ?

— Mais bien sûr que vous m'avez séduit ! répondit Alan en essayant d'être spirituel. Et très adroitement aussi !

Mais l'humour d'Alan manqua son but. Mrs Pawle parut désolée.

— Alan, mon amour ! vous ne pensez pas ce que vous dites ?

— Mais, bien sûr que non, ma chère petite sotte ! (Et il se hâta de changer de sujet.) Ecoutez ceci. (Et il poursuivit sa lecture :) « Je suggère, continua le juge, que l'engouement de ce jeune homme était tel qu'il aurait été jusqu'à commettre n'importe quoi. » — Voyez-vous, Evelyn, c'est toujours de l'engouement, lorsqu'on n'est pas marié. Mais, après le mariage, ce n'est plus que de l'amour. C'est délicieusement simple, ne trouvez-vous pas ? — Chérie, savez-vous que mon engouement pour vous est tel que j'irai jusqu'à commettre n'importe quoi... sauf cependant un meurtre.

Mrs Pawle frissonna.

— Non, mon amour, ne riez pas ! Je ne puis plaisanter sur ce genre de choses ! Alan !

— Oui ?

— Mon chéri, est-ce possible que je vous aie séduit ?

— Non, ma chérie. Et je ne crois pas que je vous aie séduite non plus !

— Mais alors, comment est-ce arrivé ?

— Peut-être nous sommes-nous séduits mutuellement. Mais, après tout, non. Je crois que cela nous est arrivé tout naturellement.

— Mon amour ! (Mrs Pawle posa sa tête sur l'épaule du jeune homme.) J'ai un aveu à vous faire !

— Vraiment ?

Et Alan caressa les petites boucles qui ornaient la nuque blanche de son amie.

— C'est exprès que j'ai laissé la porte de la salle de bains ouverte.

— Tant mieux ! dit Alan.

Il comprit, à ce moment, qu'il avait toujours su qu'elle avait laissé la porte ouverte volontairement.

— Et...

— Oui ?

— Et quand je suis allée dans votre chambre après, murmura Mrs Pawle, *j'espérais* que quelque chose arriverait...

— Chérie ! dit Alan très ému en la serrant contre lui.

— Je voulais toujours vous le dire... J'ai tellement le désir que tout soit loyal entre nous.

— Moi aussi, chérie. Dites-moi, quand avez-vous souhaité que « quelque chose » arrivât ?

— Quand j'étais dans mon bain, je crois. Peut-être un tout petit peu lorsque nous étions ensemble dans le salon... Mais dans mon bain, oh ! Alan ! j'ai tellement pensé à vous ! Je voulais que votre première expérience soit agréable...

— Elle fut merveilleuse, grâce à vous, dit Alan en l'embrassant.

— Vous savez, je n'avais pas fait cela avant. Je veux dire, je n'avais jamais trompé Fred...

— Non, chérie.

Il y eut un long silence. Alan sentait qu'il vivait un moment solennel.

— Je ne suis pas toujours très gentille, murmura Mrs Pawle d'une voix tremblante.

— Vous êtes parfaite !

— Non, Alan. Cette femme... cette femme du procès...

— Eh bien ?

— Elle devait être beaucoup plus gentille que moi.

— Bien sûr que non.

— Mais si, peut-être. Et regardez, ajouta Mrs Pawle avec indignation, regardez comme on l'a traitée !

CHAPITRE XIII

I

Le drame éclata quinze jours après leur retour de Londres. Parmi tous les messagers de malheur, ce fut une des Tyndrum que le destin chargea de la première flèche.

Le fait qu'une des Tyndrum vînt seule, sans sa sœur et sans Théodore, était garant d'une affaire d'une exceptionnelle importance.

— Ma chère, j'ai peur de vous porter un coup. Non, Mr Littlewood, ne partez pas, ceci vous concerne aussi. C'est au sujet de cette chipie de Dove-Dulverton.

Alan était intrigué et légèrement inquiet. Il n'avait jamais vu Mrs Dove-Dulverton.

— Et alors, Catrina ? dit Mrs Pawle d'une voix très calme.

— Eh bien ! elle est en train de faire des ragots à votre sujet.

— Ah !

— Oui, vous vous souvenez de ces deux jours que vous avez passés à Londres ?

— Naturellement. Et puis après ?

— Voici : nous avions entendu dire qu'elle répandait toutes sortes de faux bruits à ce sujet et nous avons décidé de la faire venir à la maison pour voir ce qu'il en était exactement. Théodore l'a questionnée adroitement et nous lui avons tiré toute son histoire.

— Quelle histoire ?

Mrs Pawle était toujours très calme, mais aussi très pâle.

— Oh ! c'est tout à fait ridicule... Mais je pense qu'il vaut mieux que vous le sachiez. Elle dit qu'il y a quelque chose entre vous et Mr Littlewood. C'est vraiment idiot. Ce garçon pourrait presque être votre fils ! Et elle raconte aussi que vous étiez tous les deux au Lennox, à Londres.

Alan s'agrippa à sa chaise. Il fut étonné de la façon dont Mrs Pawle se mit à rire, un si joli rire, si naturel.

— Eh bien ! cette fois, la pauvre femme est dans l'erreur. Alan était avec sa mère à Clarencegate.

— Bien sûr, cria Alan avec indignation.

Mais, comme autrefois aux « jours » de sa mère, personne ne porta la moindre attention à ses paroles.

— Nous avons bien pensé que tout s'expliquerait aussi facilement, ajouta Mrs Tyndrum avec volubilité. Théodore dit que vous pouvez l'attaquer en diffamation. Quant à nous, vous savez, ma chère, que cela nous est tout à fait indifférent que vous soyez allée dans cinquante hôtels différents avec Mr Littlewood. Ce serait même une excellente leçon pour Fred. Mais cela n'est pas une raison pour que cette Dove-Dulverton aille répandre ses potins aux quatre coins de la ville.

— Ah ! non, alors, dit Mrs Pawle avec fermeté. Je crois même que je vais aller voir mon avocat à ce sujet. Mais quelle idée cette femme a-t-elle eue d'aller raconter qu'Alan était descendu au Lennox ? Elle doit pourtant savoir combien il est dangereux de raconter des histoires de ce genre sans fondement.

— Eh bien ! le fait est qu'elle était elle-même au

Lennox à cette époque et qu'elle prétend avoir vu Mr Littlewood écrivant son nom sur le registre. Elle alla ensuite consulter ledit registre et vit qu'il s'était inscrit sous le nom de James Harrison. C'est absurde, ma chère! Pourquoi James Harrison, quand il s'appelle Alan Littlewood ?

II

Dès que la Tyndrum fut partie, Mrs Pawle eut une crise de nerfs. Elle avait tout très bien supporté jusque-là, mais après, elle se laissa aller. Elle eut sa crise dans le kiosque du jardin et put pleurer et se débattre sans que personne ne l'entende de la maison. Alan la regardait, ne sachant quoi faire. Les larmes coulaient sur les joues lisses de Mrs Pawle et elle l'accablait de reproches. Tout était de sa faute. Elle était une femme finie, déshonorée à tout jamais !

— C'est vous qui avez insisté pour que j'aille à Londres, c'est vous qui avez manigancé ce séjour à l'hôtel ! Tout est de votre faute. Comment ai-je pu ainsi agir à la légère ? Et vous m'aviez pourtant dit que je serais en sécurité. Vous me l'avez promis !

— Je le pensais bien aussi, murmura tristement Alan.

— Qu'allons-nous devenir ? sanglota Mrs Pawle. Qu'allons-nous devenir ? Vous ne comprenez donc pas ce que tout cela veut dire, Alan ? Et quand Fred saura tout ? Oh ! comment avez-vous pu abuser ainsi de ma faiblesse ?

Puis elle parla de Mrs Dove-Dulverton.

— Quant à celle-là, elle colporterait tous les potins

pour se rendre intéressante ! Oh ! Alan, je vous ai dit combien elle était rusée !

Alan se hasárda :

— Alors vous ne pensez pas que son histoire soit vraie ?

— Est-ce que je sais ? Je n'en sais absolument rien ! C'est tout à fait son genre. Elle invente une histoire, puis la raconte à tout le monde. Il ne faut pas qu'elle parle, Alan ! Il faut arrêter cela ! Ce serait la fin de tout pour moi si cette histoire circulait dans la ville !

Alan ne pouvait pas nier que l'affaire prenait mauvaise tournure, plus mauvaise même qu'au premier abord. Il semblait que Mrs Dove-Dulverton avait posé toutes sortes de questions indiscrètes au portier du Lennox, disant que Mr Harrison était l'un de ses amis, demandant à quelle heure il était entré, sorti, etc.

— Alan ! cria tout à coup Mrs Pawle. Ne restez pas là comme empaillé ! Faites quelque chose !

— J'y vais ! dit Alan sauvagement, en regardant le visage décomposé d'Evelyn. Laissez-moi faire !

Il rentra dans la maison. Il était midi et demie. Alan espéra que Mrs Pawle aurait le temps de se composer un visage pour le déjeuner. Il s'assit dans sa chambre et réfléchit à sa peu brillante situation. Il était furieux, furieux de sa malchance ; furieux après Mrs Pawle qui lui donnait tous les torts ; furieux surtout après Mrs Dove-Dulverton. Mais la fureur n'est pas une attitude... Que fallait-il faire ? Pouvait-on effrayer cette femme en lui parlant d'un procès en diffamation ? Que disait donc Evelyn ? Ah ! oui, que Mrs Dove-Dulverton cherchait surtout à se rendre intéressante en racontant des histoires. Si on parvenait habilement à lui démontrer que sa faveur auprès du public de Seaport pouvait décliner rapidement devant un scandale... Oui, mais comment s'y prendre ? Tout d'un coup Alan eut une idée. Il prit un morceau de papier et se mit à écrire :

« Ceci est pour certifier que l'histoire que j'ai répandue au sujet de Mrs F. C. Pawle et de Mr Alan Littlewood est fausse et dénuée de fondement. Je l'ai inventée en espérant qu'elle augmenterait ma position sociale et qu'elle m'amènerait de nouveaux amis. Je m'en excuse sincèrement auprès des intéressés, et je comprends que le présent document est le seul moyen de les empêcher d'intenter un procès en diffamation contre moi.

« *Signé* ....
« *Témoin* .... »

Il fallait que cette femme signât ce papier, et ils étaient sauvés. Alan se dit que c'était le seul moyen d'en sortir.

III

Pendant le déjeuner, Alan fut si silencieux que Fred lui demanda en plaisantant s'il était amoureux. Alan lui répondit par un sourire languissant.

Mrs Pawle ne parut pas. Le docteur expliqua qu'elle avait une de ses migraines qu'il qualifiait d'imaginaires. Alan lui aurait volontiers tordu le cou.

Après le café, Alan attendit Mrs Pawle. Mais en vain. Se disant qu'elle lui laissait toute la responsabilité de la chose, il essaya de rassembler son courage. Comment serait cette femme qu'il allait affronter ? Le genre de femme du monde, probablement, avec les lèvres minces et un face à main. A 3 h 30, tremblant et avec une impression de nausée, il sonnait chez les Dove-Dulverton.

— Le docteur est sorti, lui dit la bonne, d'un ton sans réplique.

— C'est Mrs Dove-Dulverton que je désire voir, répondit Alan misérablement.

On le fit entrer dans la salle à manger. Alan s'effondra sur une chaise, les jambes molles et la tête vide. Trois minutes plus tard, une femme entrait dans la pièce. Alan se leva.

— Vous désirez me voir, commença-t-elle. Puis elle vit Alan, ses yeux s'arrondirent et sa bouche tomba. Alan la regarda, lentement il reprit ses esprits ; il comprit que cette petite femme au visage chiffonné, qui avait dû, autrefois, être jolie, mais dont, seule, la vulgarité ressortait à présent, était la redoutable Mrs Dove-Dulverton. La bonne avait oublié de lui demander son nom, et elle était visiblement étonnée, gênée même... Bien mieux, elle avait peur, elle était terrifiée. Un immense soulagement envahit Alan. Il avait presque envie de rire. Il savait que la partie était gagnée. Mrs Dove-Dulverton fit un mouvement vers la porte, mais Alan l'empêcha de sortir.

— Je vois que vous me reconnaissez, Mrs Dove-Dulverton, dit-il d'une voix assurée, presque triomphante ; je voudrais un entretien de cinq minutes avec vous.

Sept minutes plus tard le papier était signé.

IV

Alan revint en dansant à Silverdale. Tout allait bien. Mrs Dove-Dulverton avait pleuré ; au milieu de ses sanglots, elle avait assuré Alan qu'aucune histoire n'était sortie de sa bouche le concernant, qu'elle n'avait jamais vu Alan au Lennox, pour la bonne raison qu'il n'y avait jamais mis les pieds ; les Tyndrum n'avaient rien compris ; elle avait simplement aperçu un jeune homme qui ressemblait à Alan et elle admettait maintenant qu'elle n'aurait pas dû parler de cette coïncidence.

Alan fut brutal avec elle, brutal comme le pouvoir succédant à la terreur peut rendre un timide brutal. Il la menaça de toutes les foudres de la loi, de l'opprobre universel qu'elle ne manquerait pas de susciter si le scandale éclatait, et de toutes les choses terribles auxquelles il put penser. Il fit un joli choix dans son vocabulaire pour flétrir les arrivistes et les intrigants qui employaient tous les moyens pour arriver à leurs fins. Mrs Dove-Dulverton pleurait tellement qu'elle vit à peine le papier et qu'une grosse larme alla s'écraser sur le mot « témoin ».

Quand tout fut fini, Alan plaignit sincèrement sa victime. Il avait été mufle, grossier et brutal au-delà de toute expression. Mais il ne fallait pas faire de sentimentalité. Alan sentit qu'il connaissait maintenant le maniement des femmes.

Mrs Pawle était dans sa chambre, mais Alan l'entraîna vivement au salon.

— Qu'y a-t-il, Alan, dites-moi ? supplia Mrs Pawle.

Sans un mot d'explication, il lui tendit le précieux document.

— Voici pour vous, madame !

Les fins sourcils de Mrs Pawle se rejoignirent, tandis qu'elle lisait. Puis elle poussa un soupir de soulagement et tourna vers Alan un visage radieux.

— Oh ! chéri, vous êtes merveilleux, merveilleux !

Elle jeta ses bras autour de son cou et leurs lèvres se joignirent. Elle l'embrassa passionnément, comme s'il revenait d'une aventure où sa vie eût été en danger.

— Mon ange. Eve est si triste de vous avoir dit toutes ces vilaines choses tout à l'heure. Mais elle était si bouleversée...

— Chérie, dit Alan en lui caressant les cheveux, je comprends...

V

Pendant le thé, Steadman vint dire à Alan que Mr Satterhwaite voulait lui parler au téléphone.

— Mr Satterhwaite ? dit Alan intrigué.

— Théodore, expliqua Mrs Pawle.

— Ah ! oui, dit Fred. Je n'avais jamais cru que ce garçon pût avoir un nom de famille.

En sortant, Alan échangea un sourire avec Mrs Pawle. Naturellement Théodore n'était pas au courant de la bonne nouvelle.

— Allô, c'est vous, Littlewood ? Dites-donc, pouvez-vous passer me voir après le thé ?

— C'est inutile, dit Alan d'une voix triomphante. Tout est arrangé.

— Je ne crois pas, mon cher. Il vaut vraiment mieux que vous veniez me voir.

— Bon, j'arrive, dit Alan pour en finir.

— Vous avez fait une nouvelle conquête, Alan ? demanda Fred, tandis qu'Alan rentrait au salon.

— Je vous crois ! Il faut que j'aille immédiatement admirer les nouvelles boutures. Théodore me prend pour un jardinier !

Alan partit. Théodore l'attendait sur le pas de la porte.

— Entrez, dit-il précipitamment.

Alan suivit le petit homme en réprimant une forte envie de rire.

— Vous êtes allé voir la dame cet après-midi ? dit solennellement Théodore.

— Oui, répondit Alan, vaguement inquiet.

— Et vous l'avez persuadée de signer un... un document ?

— Oui... Je lui ai dit que nous allions lui intenter un procès... et...

Théodore hocha la tête tristement :

— Vous auriez dû me consulter avant de vous précipiter à l'aveuglette, mon cher garçon. C'est désastreux, désastreux.

— Mon Dieu, pourquoi ? dit Alan décidément effrayé.

— Eh bien ! la dame l'a répété à son mari, qui est dans une rage épouvantable. Il m'a téléphoné pour me dire qu'il s'était mis d'accord avec son avocat, qu'il veut aller devant les tribunaux, qu'il fait prendre tous les renseignements au Lennox pour étoffer et appuyer le récit de sa femme.

Alan était effondré. Son cœur battait à se rompre dans sa poitrine.

— J'ai peur que tout ceci ne soit sérieux, ajouta Théodore. Avez-vous le... document sur vous ?

Sans un mot, Alan le lui tendit.

Théodore le parcourut en gémissant doucement : « Mon Dieu ! Mon Dieu ! »

Alan retrouva sa langue.

— Mais, au fond, que peut-il vraiment contre moi ?

— Vous avez forcé sa porte, vous avez intimidé sa femme par des moyens illégaux, vous l'avez obligée à signer une fausse confession, etc.

— Peu importe pour moi. Mais c'est à cause de Mrs Pawle.

— Vous dites que tout cela est faux, que vous êtes allé coucher chez votre mère à Clarencegate ? Naturellement, votre mère pourrait certifier le fait, le cas échéant...

— Naturellement, bafouilla Alan.

Il savait que sa mère ne mentirait jamais, pas même si elle voyait son fils en danger de mort.

— Parfait, dit Théodore avec satisfaction. Mrs Dove-Dulverton s'est sûrement trompée...

Théodore croisa ses jambes, et Alan, médusé, contempla les fameux souliers qui avaient causé de telles perturbations lors de sa dernière visite.

— Alors, il va y avoir procès... Croyez que des excuses...

Théodore eut un sursaut de joie.

— Voilà ce qu'il faut faire. Avec votre permission, mon cher, je vais aller voir Dove-Dulverton pour lui dire que vous êtes prêt à lui faire des excuses. S'il est intelligent, il s'en contentera. Vous êtes d'accord ?

— Tout à fait, dit Alan, en réprimant une envie de sauter au cou de Théodore pour l'embrasser. Vous êtes vraiment trop... trop gentil.

Théodore se leva et entraîna Alan au jardin, où les formidables sœurs étaient en train de creuser.

— Je vous laisse Mr Littlewood un moment, car je suis obligé de sortir.

— Nous sommes ravies, Mr Littlewood ! Voulez-vous une pelle ?

— N'oubliez pas votre chapeau, Théodore !

Théodore fut absent une demi-heure, une demi-heure qui parut un siècle à Alan. Les deux sœurs étaient certainement au courant de l'affaire qui amenait Alan parmi elles; mais elles parlèrent de tout autre chose et firent de louables efforts pour distraire le jeune homme. Mais leurs efforts ne furent pas couronnés de succès. Alan était affreusement inquiet. Enfin Théodore revint. Il appela Alan à l'écart.

— Eh bien ? (Alan était près de la suffocation.)

— Je crois que tout va s'arranger. Si vous voulez rendre le... papier, je crois que vous n'en entendrez plus parler.

Pour toute réponse, Alan lui tendit le précieux document, et Théodore s'en fut immédiatement le porter à destination. Dix minutes après, il était de retour.

— Voilà, dit-il, l'affaire est arrangée : tout va bien, le but est atteint. Je puis vous assurer que Mrs Dove-Dulverton ne parlera plus de l'hôtel Lennox à l'avenir.

— Je crois, dit Alan, qu'il vaut mieux ne pas parler de tout cela à Mrs Pawle.

Il se reposait maintenant sur Théodore et lui demandait conseil.

— Je lui dirai seulement que nous avons parlé de la question et que tout va bien maintenant.

Théodore acquiesça :

— Vous pouvez toujours lui dire que vous m'avez

confié le document pour... plus de sécurité... Et après tout, c'est la vérité, n'est-ce pas ? Ha ! Ha !

Théodore emmena Alan dans la maison et lui offrit un verre de xérès pour célébrer l'heureuse issue de leur conversation. Puis il le regarda d'un air de connivence :

— Mon dernier conseil, mon cher ami : la prochaine fois, n'allez même pas vous inscrire sur le registre de l'hôtel. Vous n'avez qu'à passer devant le portier de nuit sans vous arrêter !

Alan rougit comme une jeune écolière.

VI

La soirée fut très gaie. Le docteur, plein d'humour, plaisanta Alan sur ses amours.

— A la bonne heure, jeune homme ! Si la dame de vos pensées se montre inflexible, n'insistez pas et consolez-vous ailleurs !

— Parfaitement ! répondit Alan. Vous m'avez appris tout cela. Le jeu n'en vaut pas la chandelle !

— Moi, je vous ai appris quelque chose ?

— Enfin, les conseils que vous me donnez sont probablement le résultat de vos expériences en la matière.

Mrs Pawle fut ravie de la tournure de la conversation.

Après le dîner, Fred, avec un sourire plein d'urbanité, demanda à Alan de lui accorder quelques instants d'entretien, et ils passèrent tous deux dans le cabinet de consultation du docteur.

— Que désirez-vous ? demanda Alan, sans le moindre soupçon.

Fred continua de sourire pendant quelques instants en silence. Puis il lui dit tout doucement, d'une voix presque caressante :

— Vous êtes un charmant garçon, n'est-ce pas ?

Alan, un peu mal à l'aise, le regarda. Malgré son éternel sourire, il y avait quelque chose de menaçant dans le ton de Fred.

— De quelle façon ? demanda-t-il.

— Vous me comprenez, je crois, répondit Fred, plus souriant que jamais.

— Mais non ! Je ne comprends pas. Sa nervosité rendait la voix d'Alan plus aiguë qu'il n'aurait voulu.

— Comment ? murmura Fred. (Sa voix était aussi douce que le ronronnement d'un chat.) Comment ? Vous ne voudriez tout de même pas que j'entre dans des détails sordides.

Alan le regarda. Tout son être paraissait concentré dans ses yeux. Il voulait pénétrer Fred de son regard. « Après tout, se dit-il, qu'est-ce qu'il peut savoir ? Rien du tout. Il essaie tout simplement de me faire avouer quelque chose ! Ah ! si je pouvais seulement le tenir sous mon regard, tout irait bien ! »

— Savez-vous, dit Fred, toujours avec son même sourire, savez-vous que les gens ricanent lorsqu'ils me demandent de vos nouvelles ? Pourquoi ricanent-ils ? Le savez-vous, Alan ?

— Je n'en ai absolument aucune idée.

— Vous conviendrez que c'est un peu embarrassant pour moi.

— Vous vous imaginez probablement des choses qui n'existent pas.

— Non, je ne pense pas, mais je voudrais bien

savoir si ces ricanements s'adressent à vous, Alan, ou bien à moi.

— Je ne comprends toujours pas.

— Vraiment, dit Fred en souriant encore. Mais, mon cher ami, c'est très simple. Ou bien ces gens-là se moquent de vous, jeune amoureux transi d'une femme mariée dont la vertu est au-dessus de tout soupçon ; ou bien ils se moquent de moi, la traditionnelle figure de comédie ou de farce : le mari trompé !

« Il veut me faire parler, il veut me faire avouer », se disait intérieurement Alan en essayant de contenir la colère qui montait en lui : « Mais non, je ne me trahirai pas ! »

— Je comprends de moins en moins, répliqua-t-il simplement.

Le sourire en caoutchouc du docteur disparut tout d'un coup :

— Ne mentez pas, Alan, s'écria-t-il. Cela n'arrange pas les choses.

Alan ne répondit pas. Puis à nouveau Fred se mit à sourire et son visage prit une expression extraordinairement sinistre.

— Malheureusement, dit Fred avec douceur, ma femme est une névrosée, ce qui veut dire qu'elle n'est pas dans son bon sens. Ce n'est pas bien de se servir de cette... infirmité.

Alan savait que Fred le menait sur une voie dangereuse : il fallait à tout prix rester calme et silencieux.

— Quand vous êtes arrivé, elle m'a dit que vous aviez tout du gigolo. Mais ce n'était pas une raison pour qu'elle vous traite comme tel.

Il se disait que Fred parlait d'une façon trop crue pour être convaincante. Cependant celui-ci continuait et souriait toujours :

— Bien entendu, je savais très bien qu'il n'en était

rien. J'ai toujours été persuadé du contraire. Dans cette affaire, je suis certain que c'est vous qui payez... mais vous payez en flatteries ! Ah ! vous êtes un jeune homme astucieux, Alan. Vous savez aussi bien que moi qu'on obtient tout ce que l'on veut en flattant une femme aussi sotte et aussi égoïste que la mienne, surtout lorsqu'elle sait que son mari l'a percée à jour.

Les doigts d'Alan commencèrent à jouer avec un presse-papiers très lourd en pierre dure polie, qui se trouvait sur le coin du bureau. Ce geste était un simple réflexe ; il ne savait pas ce qu'il faisait.

— Nous pouvons parler ouvertement tous les deux, continua Fred. (Et sa voix était aussi douce que le miaulement d'un chat en train de savourer de la crème.) Je sais que vous connaissez Evelyn aussi bien que moi maintenant, mais elle, pauvre fille, ne sait pas qu'elle n'est qu'une prostituée mentale ! Elle ne demande pas d'argent pour ses bons services, mais...

Ce fut la fin. Si Fred avait voulu pousser Alan à bout, il avait atteint son but. Le mot de prostituée fit sortir Alan de son calme, qui n'était d'ailleurs qu'apparent.

Il était déjà à bout de nerfs à cause des événements de la veille. Maintenant, c'était fini. Aussi instinctivement qu'il lui aurait craché à la figure, Alan lança le presse-papiers à la tête de Fred. L'objet atteignit Fred à la tête. Fred s'effondra sur sa chaise et un mince filet de sang se mit à couler le long de sa figure.

La loi britannique reconnaît qu'un crime puisse être provoqué par des gestes agressifs, et elle invoque alors l'état de légitime défense. Mais elle ne reconnaît pas la provocation verbale.

CHAPITRE XIV

I

« Il est mort. »

Mrs Pawle, les yeux écarquillés d'horreur, regardait attentivement Alan et son mari étendu maintenant de tout son long sur le tapis.

— En êtes-vous sûre ?

La voix d'Alan n'était qu'un murmure indistinct. Il semblait que quelque chose s'était glissé dans sa gorge pour l'empêcher de parler distinctement.

La question n'était pas utile ; Mrs Pawle avait suivi des cours d'infirmière et savait reconnaître un mort d'un vivant.

La bouche de Mrs Pawle s'ouvrit doucement. Alan sut qu'elle allait crier.

— Evelyn, murmura-t-il, ne criez pas... Venez dans le salon.

Il la prit par la main et elle se laissa faire. Il n'avait qu'une idée, c'était de ne plus voir Fred étendu de cette façon. Dans une autre pièce, peut-être pourrait-on croire que la chose n'était pas arrivée. Dans le salon, ils se regardèrent sans rien dire ; l'horreur était trop grande. Fred était mort ; c'était incroyable. Comment ce misérable presse-papier avait-il pu tuer

Fred ? Fred était mort. Ci-gît le pauvre Fred, qui vécut et qui est mort... Enfin Alan se força à parler.

— Je crois qu'il vaut mieux que je téléphone à la police.

— Non !

Mrs Pawle hurla enfin. Alan lui tordit le poignet.

— Ne faites pas cela, Evelyn, pour l'amour du ciel !

— C'est... le presse-papiers que vous lui avez jeté à la tête ? dit Mrs Pawle en ânonnant, comme si elle avait du mal à trouver ses mots.

— Oui... Il a dit quelque chose d'ignoble à votre sujet, et... je n'ai pas pu le supporter.

Brusquement, le mécanisme qui avait paru soutenir Evelyn sembla se rompre et elle se précipita dans les bras d'Alan en sanglotant.

— Oh ! Alan, qu'allons-nous devenir ? Vous n'auriez pas dû le tuer. Vous avez tout gâché. C'est... c'est un *meurtre,* un *meurtre...* comme dans ce livre.

Alan était aussi bouleversé que Mrs Pawle, mais d'instinct il repoussa la monstrueuse accusation.

— Ce n'est pas un meurtre, Evelyn, je n'avais pas l'intention de le tuer.

— Non, mais ils diront tous que vous l'aviez, quand... quand ils découvriront que vous et moi...

Alan la regarda avec horreur.

— Je suppose, dit Alan dans un souffle, qu'ils... me pendront.

— Oui. Et que feront-ils de moi ? Pensez un peu à moi aussi, Alan. Vous ne comprenez pas. Ils diront que je vous ai poussé à le faire.

— Non, non.

— Mais si. (La voix de Mrs Pawle s'éleva d'un ton.) Je vous assure : ils diront que je vous ai poussé à le tuer. Oh ! mon Dieu !

Et elle se mit à rire, d'un rire hystérique... Terrifié,

Alan se mit à la secouer jusqu'à ce que sa tête roulât sans force d'avant en arrière comme celle d'un mandarin chinois.

— Taisez-vous, Evelyn, pour l'amour du ciel ! Nous serons pendus tous les deux, si vous continuez.

Ses paroles parurent avoir un effet immédiat sur l'esprit de Mrs Pawle et son rire s'arrêta brusquement.

— Mais, Alan... on ne va pas me pendre, moi ! Que voulez-vous dire ?... Il n'y a aucune raison pour me pendre, moi... voyons !

Son ton était celui d'un enfant apeuré qui cherche à être rassuré. Mais Alan n'était pas assez maître de lui pour choisir ses mots :

— Si on pense qu'il y a eu assassinat, on nous pendra tous les deux !

— Mais pas moi. Ils ne peuvent pas me pendre... Moi je n'ai rien fait. C'est vous qui l'avez tué, vous le savez bien, Alan. Et il faut que vous le disiez.

— Mais bien sûr que je le dirai ! répliqua Alan sauvagement. Mais il y a dix chances contre une pour qu'on ne me croie pas. Vous savez bien qu'on a voulu pendre la femme dans le procès dont nous lisions le récit.

Les yeux d'Evelyn s'agrandirent et des larmes coulèrent le long de ses joues. Elle étouffait :

— Mais oui, dit-elle. On a voulu la pendre ! Et pourtant, Alan, je n'ai rien fait ! Rien !

Sa voix devenait aiguë, sa terreur se manifestait de plus en plus, sa crise de nerfs paraissait de nouveau toute proche.

Alan la secoua doucement.

— Evelyn, ma chérie ! Calmez-vous, je vous en supplie. Nous avons encore une chance de nous en tirer, surtout si vous restez tranquille.

Puis, voyant qu'elle ne l'écoutait pas, il ajouta brutalement et comme en désespoir de cause :

— A moins que vous ne préfériez que j'appelle la police et que je leur dise tout !

— Non ! Non ! s'écria Mrs Pawle (les menaces d'Alan ayant paru lui rendre son calme beaucoup plus que ses tendres exhortations). C'est la dernière chose à faire, car tout se saura alors ! Oh ! Alan, pourquoi l'avez-vous tué ? Je sais que tout cela est terrible pour vous, mais il faut aussi penser à moi ! Imaginez-vous ce que les gens vont dire de nos relations ! C'est déjà assez terrible d'avoir tué Fred, mais il ne faut pas non plus que toute ma vie soit gâchée par votre faute !

Alan était trop hébété par tous ces chocs successifs pour saisir exactement le sens des paroles de Mrs Pawle. Il sentit pourtant vaguement que certaines valeurs étaient déplacées, que la crise de nerfs étant évitée, Mrs Pawle avait certainement repris tout son sang-froid. Par contre, son énergie à lui sembla l'abandonner. Il se laissa tomber sur le divan, se prit la tête entre les mains ; il n'y avait plus d'initiative en lui.

— Qu'allons-nous devenir ? répéta-t-il d'une voix sourde. Qu'allons-nous devenir ?

— Il faut partir, dit Mrs Pawle, et tout de suite. Quittez cette maison. Il ne faut pas qu'on vous trouve ici !

— A quoi bon ! répondit Alan avec désespoir. Il n'y a plus rien à faire pour moi ! Fred est mort ; je n'ai plus qu'à attendre ici que la police vienne m'arrêter.

— Alan ! c'est votre seule chance !

— M'en aller ! répéta-t-il sans énergie, m'en aller ! A quoi bon ? Et puis ce ne serait pas bien de ma part.

Et pourtant, au fond de lui-même, il n'avait plus qu'une idée, qu'un désir : partir ! quitter cette maison fatale, quitter Evelyn ! Mais non, cela ne se pouvait pas. Ce ne serait pas loyal. Il avait tué son mari. Il ne pouvait pas abandonner Evelyn.

Mais Mrs Pawle, vibrante et pleine d'énergie, insista :

— Il faut partir, Alan. Nous raconterons une histoire quelconque. Vous avez été rappelé chez vous dans l'après-midi. Si on ne vous trouve pas ici, vous ne serez pas questionné. Mais comprenez-moi donc, Alan, allez-vous-en !

— Je ne peux pas vous abandonner, Evelyn !

— Cela a été un accident ! Je dirai qu'il y a eu accident, une syncope ou quelque chose d'approchant, qu'il est tombé, qu'il s'est cogné la tête dans sa chute sur le coin du bureau. Voyons, Alan ! secouez-vous et aidez-moi.

Une lueur d'espoir éclaira un instant les ténèbres dans lesquelles étaient plongées les pensées d'Alan.

— Evelyn, vous croyez vraiment que je dois partir ?

Son ton était presque suppliant. Maintenant il désirait désespérément s'en aller. Il le voulait par-dessus tout. Oh ! partir ! partir tout de suite ! Et ne plus se préoccuper de rien ! Mais encore une fois il se raidit contre cette idée libératrice. Non ! Il ne pouvait pas s'en aller, moins que jamais il ne pouvait abandonner Evelyn. Et il accepta avec le même désespoir :

— Non, Evelyn, je ne peux pas vous quitter. Je ne peux pas vous laisser seule pour faire face à toutes ces horreurs !

— Mais je veux que vous partiez ! s'écria Mrs Pawle d'une voix aiguë. Je ne veux pas que vous restiez ici ; vous allez tout gâter, j'en suis sûre ! Au moment de l'enquête, on vous posera des questions et vous serez amené à avouer nos relations ! Et cela, je ne pourrai pas le supporter !

— Alors que faire ?

— Venez avec moi dans le cabinet de consultations, nous allons l'arranger. Nous allons l'installer par terre près du bureau, et nous barbouillerons sa figure de sang. De cette façon il aura l'air d'être tombé naturellement au moment de sa syncope.

Et joignant le geste à la parole, Mrs Pawle saisit la main d'Alan pour l'entraîner vers la porte. Mais celui-ci résista.

— Evelyn, murmura-t-il, Evelyn, je ne peux pas !

Elle s'arrêta un instant dans son effort.

— Vous ne pouvez pas quoi ?

— Je ne peux pas entrer là-dedans.

Alan frémit d'horreur. Non, il ne pouvait plus rentrer dans cette pièce ni revoir Fred. Mrs Pawle pouvait penser de lui ce qu'elle voudrait. Mais il ne le ferait pas. Rien que la pensée de revoir ce cadavre lui soulevait le cœur. Qu'on le pende, qu'on fasse de lui ce qu'on voudrait, mais, pour rien au monde, il ne toucherait à cette horrible masse molle qui gisait par terre et qui avait été Fred.

— Laissons-le tranquille, dit-il. Je ne peux pas y toucher.

— Eh bien ! J'irai toute seule. C'est moi qui l'arrangerai ! (Et Mrs Pawle éclata d'un rire strident semblable au hennissement d'un cheval.) Je n'ai pas peur, moi ! D'ailleurs, il ne peut plus me faire de mal !

Elle disparut dans la pièce à côté. Alan se laissa tomber sur le divan. Il était ahuri et ne ressentait ni honte ni soulagement. Les mains tremblantes, il alluma une cigarette ; la fumée était comme une râpe à sa bouche sèche et brûlante. Comme tous les soirs un plateau était installé au salon avec un choix de boissons fortes ou rafraîchissantes. Il se versa du whisky et l'avala d'un coup. La liqueur le réchauffa sans le réconforter. Puis il s'en versa une seconde dose. De nouveau il se laissa tomber sur le divan. Il était physiquement incapable de se tenir debout. Il se sentait vidé, fini ! Oh ! Dieu ! Comment avait-il pu en venir là ? Comment ces choses-là arrivent-elles ? Tuer un homme...

Il y a une heure seulement il faisait partie d'une autre vie : une vie de sécurité et de bonheur. Maintenant il était un paria, une misérable loque traquée par la police ; il allait être pris et finalement pendu ! Oh ! Dieu ! Comment est-ce que tout cela avait pu lui arriver ? Ses pensées allaient vers sa famille, sa mère, Célia... Quelle fin tout de même pour le fils aîné des Littlewood ! Et son frère Hugh, Hugh et Célia. Qu'allaient-ils dire de lui ? Et comme sa mère allait regretter tout l'argent qu'elle avait dépensé pour son éducation.

Mais, après tout, non ! Il n'allait pas être pendu ! Il allait se sauver. Evelyn l'avait promis ! Et, en tout cas, on ne pendrait pas un innocent. Il n'avait pas voulu tuer Fred. Il avait eu un moment de folie, de rage aveugle. Fred l'avait nargué, poussé à bout. Les juges tiendraient compte de tout cela, n'est-ce pas ?

Oui, mais qui allait croire tout ce qu'il dirait ? Il n'y avait pas de preuves de son innocence, pas de témoins. Evelyn avait raison. Leur liaison à tous deux ferait un effet déplorable, fatal !

Evelyn avait absolument raison. Les juges croiraient sûrement qu'elle avait sa part dans le meurtre et que c'était elle qui l'avait poussé à tuer ! Et que deviendrait-elle ? Que lui fera-t-on ? Pourvu qu'on ne la pende pas, elle aussi ! Voilà pourquoi elle était si tourmentée. Mais est-ce possible qu'on pende une innocente ?

Il comprit maintenant la raison de la crise de nerfs

d'Evelyn. Elle avait tout compris tout de suite. Pour tout le monde, ce serait la banale histoire d'une femme mariée et d'un jeune amant, exactement comme le récit du procès qu'ils avaient lu ensemble. Tous croiraient qu'ils avaient prémédité le meurtre, qu'Evelyn y avait poussé Alan afin de se débarrasser d'un mari indésirable. Et les juges le croiraient-ils, lorsqu'il voudrait prouver l'innocence d'Evelyn ? Et pourquoi le croiraient-ils ? Il n'y avait aucune preuve.

A tout prix, il fallait cacher leur liaison, ne fût-ce que pour Evelyn. Mais là encore elle avait raison. La police aurait vite fait de lui faire avouer la chose. Alan n'était qu'un piètre menteur, et comment arriverait-il à dissimuler une chose aussi vitale ? Décidément la fuite était la seule solution. L'idée de la police était un cauchemar pour lui. Et pourtant il ne voulait pas fuir à cause d'Evelyn. Oh ! après tout, pourquoi tergiverser ? Oui, il désirait la fuite. Il la désirait comme il n'avait jamais rien désiré au monde ! Oui, il voulait s'en aller, s'en aller et tout de suite ! Oh ! que tout cela était affreux ! Et Evelyn ? Que faisait-elle pendant tout ce temps ? Elle n'en finissait pas de revenir. Ne comprenait-elle donc pas qu'il n'y avait pas une minute à perdre ? A bout de nerfs, Alan se leva, sortit du salon, alla dans l'antichambre. Fiévreusement il s'approcha de la porte du cabinet de consultations. Elle était fermée. Il voulut l'ouvrir, appeler Evelyn, lui dire de se hâter. Il n'en eut pas le courage. Il essaya d'écouter, mais n'entendit que les battements de son cœur. Tout d'un coup, il faillit tomber de saisissement. Il avait cru entendre une voix. La police était donc arrivée. Puis il s'efforça d'écouter encore. Il y avait bien une voix, mais c'était celle de Mrs Pawle. Elle était donc restée à parler et à pleurer auprès du corps de son mari. Tremblant, claquant des dents, Alan monta dans sa chambre. Sa décision était prise. Il quitterait cette maison et tout de suite.

II

Mrs Pawle vint enfin. Alan, qui se débattait avec la serrure de sa valise, ne remarqua pas combien elle avait changé. Ses yeux étaient agrandis et ses prunelles bleues paraissaient plus foncées. Sur ses joues pâles il y avait des taches rouges et ses traits s'étaient affaissés. On voyait qu'elle avait pleuré. A peine eut-elle franchi le seuil de la pièce qu'elle se mit à parler rapidement et d'une façon urgente. Elle faisait un effort suprême pour paraître calme et y parvenait à peine.

— Alan, j'ai beaucoup réfléchi. Vous devez partir tout de suite. C'est notre seule chance de nous en tirer. Si on vous trouve ici, on croira que... nous l'avons fait ensemble ! Dès que vous serez parti, je téléphonerai au docteur Westry à Seaport. Je pourrai lui faire croire à un accident si vous n'êtes pas là. Il n'y a pas de temps à perdre. Si la police vous prend, nous sommes finis tous les deux.

Elle parlait vite, d'une voix blanche, comme si elle récitait une leçon très difficile.

Alan s'approcha d'elle :

— Evelyn, vous croyez vraiment... vous croyez que si je m'en vais il nous reste une chance... une chance de nous sauver ?

Il parlait humblement et se reposait entièrement sur Mrs Pawle. Elle était plus âgée que lui, plus expérimentée. Et Alan se sentit tout d'un coup très jeune et très incapable de se tirer d'affaire tout seul. Il n'avait même pas le courage de lui demander ce qu'elle avait fait en bas dans le cabinet de consultations. Mrs Pawle le regarda d'un air étrange. Elle se recula un peu comme si elle ne pouvait pas supporter qu'il la touchât. Alan comprit sa répugnance. Quoi que Fred ait pu faire, il était son mari, et Alan l'avait tué. C'était déjà très beau et très noble de sa part d'essayer de le sauver.

— Alan, il faut partir tout de suite, dit-elle de sa même voix monotone.

Il supplia :

— Aidez-moi !

— Mais oui, bien sûr ! Déshabillez-vous. Vous ne pouvez partir comme cela. On vous prendrait tout de suite. Je vais vous chercher quelque chose. Dépêchez-vous !

— Oui, mais où...

— Dépêchez-vous !

Ces derniers mots furent articulés dans un cri, et Mrs Pawle quitta la chambre à pas précipités. Alan se remit à trembler. Il se déshabilla avec des mains maladroites et fiévreuses. Ses pensées tourbillonnaient dans sa tête autour d'une seule idée : une panique, une terreur indescriptibles. Puis un désir invincible se forma dans son esprit : Partir ! Partir enfin ! Allez n'importe où ! Mais quitter cette maison et tout ce qu'elle renfermait. Lorsqu'il serait loin, à des kilomètres et des kilomètres, il pourrait alors rassembler ses pensées d'une façon cohérente et prendre des décisions froidement, avec calme, discutant en lui-même les difficultés, prévenant les dangers. Oui, il fallait partir, ce serait mieux pour eux deux, et Evelyn elle-même serait plus en sécurité lorsqu'il ne serait plus là.

Mrs Pawle revint. Elle avait dans les bras un paquet de vêtements : un pull-over, une jupe, un chapeau. Elle les jeta sur le lit. Alan remarqua qu'il y avait parmi ces objets la perruque qu'il portait le soir qu'il avait gagné son pari contre Fred.

— Voici ! (Mrs Pawle paraissait essouflée ; sa voix était saccadée.) Voici des vêtements. Habillez-vous vite !

Alan regarda la jeune femme avec désespoir, mais pour la première fois il se révolta :

— Non, pas cela ! balbutia-t-il. Evelyn, non ! Je ne le peux pas !

— Oui et oui ! Ne comprenez-vous donc pas ? Il faut que vous soyez déguisé, autrement la police vous découvrira tout de suite. Alan, il le faut ! C'est votre seule chance de salut !

— Non, Evelyn ! Je vous en supplie ! Je ne puis pas m'affubler ainsi !

Alan était presque en larmes. Pour rien, pour rien au monde il ne remettrait ces vêtements de femme. Cette fuite tant désirée perdait toute sa saveur s'il fallait la prendre dans ce déguisement grotesque !

— Alan, il le faut.

— Non, Evelyn, non ! C'est impossible. Je serai repéré tout de suite.

— Mais non, insista Mrs Pawle. C'est votre unique chance de vous sauver.

— Eh bien ! j'aime mieux courir tous les risques dans mes propres vêtements plutôt que d'endosser ce déguisement ridicule.

Leurs voix à tous deux devenaient plus aiguës. Mrs Pawle paraissait de nouveau tout près de la crise de nerfs.

— Alan ! s'écria-t-elle, si vous ne m'écoutez pas, je téléphone tout de suite à la police, et je leur dis que vous avez assassiné Fred !

Alan la regarda avec horreur :

— Evelyn, vous ne feriez pas cela !

— Oui, je le ferai ! cria-t-elle, perdant tout contrôle sur elle-même. Oui, je le ferai comme je le dis ! Je ne peux pas vous laisser ruiner nos vies à tous deux pour un caprice enfantin ! Si vous voulez vous perdre, libre à vous ! Mais moi, je veux me sauver !

Alan la regarda encore. Elle paraissait sur le point de perdre la raison, mais il comprit néanmoins qu'elle agirait selon sa menace. Il sentit son cas désespéré. Il n'avait plus la force de lutter. Après tout, Evelyn avait peut-être raison. Et puis, ce n'était plus le moment de discuter sur des détails :

— Vous croyez vraiment que j'ai quelque chance de m'en tirer avec ce déguisement ? dit-il lamentablement.

— Mais, certainement ! certainement ! Voyons, Alan, vous n'avez donc pas encore compris ?

— Bien, répondit-il.

Puis, aveuglé par les larmes qui lui picotaient les yeux, il se tourna vers le lit et se mit à tirer les vêtements. Dès qu'elle vit qu'il avait capitulé :

— Je vais vous préparer une valise, murmura Mrs Pawle d'une voix étranglée.

Puis elle quitta la chambre. Elle revint avant qu'il n'ait fini de s'habiller et le harcela sans pitié jusqu'à ce que son déguisement fût complet. Puis elle le poussa hors de la chambre et lui mit un petit sac de voyage entre les mains :

— Mais où dois-je aller ? demanda Alan faiblement.

Il était plus désireux que jamais de s'en aller, mais l'idée de quitter Mrs Pawle le laissait sans force. Il n'y aurait plus personne maintenant pour l'aimer, le protéger. Il lui semblait qu'il allait se lancer les yeux fermés dans un précipice. Mrs Pawle lui répondit avec impatience :

— Mais n'importe où ! Voyons, n'importe où ! Allez-vous-en maintenant, tout ira bien.

— Croyez-vous que je serai en sécurité dans une auberge ?

— Mais oui, sûrement ! Ou bien essayez une chaumière ; beaucoup de gens ne demandent pas mieux que de prendre des clients !

Pendant qu'elle parlait, Mrs Pawle le poussait sans trop de douceur dans l'escalier. Maintenant que le moment du départ était venu, Alan hésitait encore. Dans la maison il se croyait encore en sécurité... mais dehors, la nuit... tout seul ?

— Alan, dépêchez-vous pour l'amour du ciel.

— Ne devrais-je pas mettre un manteau ? murmura-t-il. Il me semble que je serai mieux dissimulé.

Mrs Pawle courut vers sa chambre. Elle revint aussitôt :

— Voilà !

Elle lui passa un manteau. Il était bien un peu étroit des épaules, mais, à part cela, il lui allait bien. Puis elle lui mit une petite pochette entre les mains.

— Il y a de l'argent là-dedans, de la poudre de riz.

— Evelyn, dit-il encore, Evelyn, il faut que je sache ce qui s'est passé. Nous ne pouvons pas nous écrire. La police pourrait ouvrir nos lettres.

Pendant un instant la physionomie de Mrs Pawle s'adoucit :

— Demandez-moi au téléphone demain à midi exactement.

— Oui, mais...

Il n'eut pas le temps de finir sa phrase, car Evelyn se remit à crier :

— Mais partez donc ! Partez pour l'amour du ciel !

Avec un désespoir muet, Alan la regarda encore une fois. Puis il se détourna d'elle, descendit lentement l'escalier et quitta la maison.

III

Il se sentit mieux lorsque la porte d'entrée fut fermée derrière lui. Il tenait sa valise d'une main, la pochette dans l'autre. Il eût voulu courir, mais la jupe entravait ses pas. Néanmoins il marchait vite, car il désirait par-dessus tout s'éloigner de cette maison. Il craignait aussi qu'on ne l'aperçoive dans sa fuite, qu'on ne le suive. Lorsqu'il eut marché pendant quelques kilomètres, il ralentit le pas et fut reconnaissant à l'obscurité qui descendait sur toute la campagne. Puis les souliers qu'il portait (une paire de vieilles chaussures de sport de Mrs Pawle) lui faisaient horriblement mal aux pieds.

Boitant, traînant la jambe, il se força d'avancer.

Qu'allait-il faire ? Où aller ? Il essaya de faire son plan pour sa fuite. Mais l'idée que la police pourrait être à ses trousses le terrifia, et de nouveau il perdit tous ses moyens. Il avait tué un homme. Il avait commis un meurtre. Comment pourrait-il jamais s'en sortir ? Tout dépendait maintenant d'Evelyn. Pouvait-il avoir confiance en elle ? Alan essaya de se persuader que oui. Elle ferait un si grand effort pour se protéger elle-même qu'elle finirait par le protéger aussi. Alan versa quelques larmes en pensant à Evelyn.

Peut-être n'était-elle pas à blâmer, mais tout de même elle était bien égoïste. Quelle âpreté elle avait mise à se défendre ; elle n'était préoccupée que d'elle-même. Il est vrai qu'Alan avait tué son mari, mais après tout c'était à cause d'elle. Elle aurait bien pu lui témoigner un peu plus de sympathie. Puis il pensa douloureusement que, si cela avait pu être utile à son propre intérêt, Evelyn l'aurait jeté en pâture aux fauves sans une pensée ni un geste de pitié. Après tout, un tel égoïsme impressionna Alan plus qu'il ne le désillusionna. Décidément il n'y avait rien de tel pour réussir dans la vie. A quoi bon toujours penser aux autres comme c'était son propre cas ? Cela ne menait jamais à rien, et sa propre malheureuse situation en faisait preuve. S'il n'avait pas été aussi féroce à défendre l'honneur d'Evelyn, il n'aurait certainement jamais tué Fred. Comme il avançait péniblement sur la route en boitant, les yeux d'Alan s'ouvraient de plus en plus sur sa situation. Il comprit qu'Evelyn l'avait aimé à sa propre manière, mais bien moins qu'elle-même. Mais il ne songeait pas à s'en plaindre. Comment pouvait-on ne pas aimer Evelyn, et n'était-ce pas normal qu'elle s'aimât elle-même ? Mais alors Evelyn n'était pas capable d'amour en dehors de sa propre personne ? Et si elle ne l'était pas, aucune femme au monde ne l'était. Eh bien ! C'était bon à savoir. Dommage que Fred eût dû mourir pour qu'Alan puisse connaître l'égoïsme des femmes et leur incapacité d'aimer. Et furieusement, fiévreusement, Alan jura qu'il n'aimerait plus jamais. D'ailleurs il n'en aurait probablement plus jamais l'occasion ! L'occasion... Alan s'assit au bord de la route et considéra à nouveau sa situation. Où irait-il ? Qu'allait-il devenir ?

« Il faut faire un plan, se dit-il, un plan intelligent. Il

faut prévoir tous les mouvements de la police et les déjouer. » Puis le découragement le reprit. Quel plan pouvait-il faire, que pouvait-il prévoir, pauvre fuyard solitaire, contre l'immense organisme de la police ? Quelles chances avait-il de se sauver ? Aucune. Les mouvements de la police dépendraient de ce qu'Evelyn pourrait leur faire croire. Et aurait-elle seulement la possibilité de les convaincre ? Bien sûr que non ! Que pouvait une malheureuse femme un peu sotte et très nerveuse contre la police ? Ce serait folie de sa part de leur dire qu'Alan n'avait pas été à la maison de la soirée. Steadman et les autres domestiques qui l'avaient vu diraient la vérité. C'était folie pour lui de prendre la fuite. Il faudrait qu'il rentre tout de suite, qu'il arrange une histoire avec Mrs Pawle, afin de dépister la police. Il se leva, avec l'idée de retourner à Sandbourne. Puis soudain il s'arrêta à nouveau. L'idée d'affronter la police lui était intolérable. Ces policiers durs, sévères, soupçonneux, le remplissaient de terreur. Ils comprendraient tout de suite qu'il y avait crime et non pas accident. Le crime sordide stéréotypé, l'assassinat du mari gênant. Puis, soudain, il fut repris de panique. La panique aveugle et illogique. Non ! il ne retournerait pas à Sandbourne ! La police était peut-être en train de le rechercher à la minute présente. Pourquoi laisser passer cette chance précieuse et peut-être unique de leur échapper ? Alan saisit sa valise, quitta la route, et, moitié courant, moitié trébuchant, se mit à courir à travers le pré communal qui conduisait à la mer.

IV

Alan dormit cette nuit-là dans le petit creux abrité par des buissons et des genêts, où il s'était jadis reposé auprès de Kathleen. Son sommeil fut agité. Par moments, il songeait au suicide, à d'autres, sa grande fatigue le faisait sombrer dans l'oubli. Mais sa peur était telle qu'il ne pouvait se reposer. Il se réveillait en sursaut, repris de panique, s'imaginant que la police était sur sa trace et l'encerclait déjà. Alors il se dressait sur son séant, scrutant l'obscurité, croyant entendre leurs pas. Puis lorsqu'il était convaincu du silence qui l'environnait, il laissait tomber sa pauvre tête fatiguée sur le petit talus qui lui servait d'oreiller et s'endormait encore pendant quelques instants. Avant de s'endormir, il se jurait d'en finir avec la vie, et chaque fois qu'il se réveillait, il décidait qu'il attendrait encore un peu avant de prendre la fatale décision. La peur le possédait entièrement, et il était en plus hanté par l'horreur des vêtements qu'il portait. Ils semblaient lui brûler la chair comme une tunique de Nessus. Chaque fois qu'il y pensait, les larmes coulaient de ses yeux, et avec une passion fatale, il se demandait : « Pourquoi, oh ! pourquoi me suis-je laissé affubler de ce sinistre accoutrement ? »

Pourquoi avait-il eu peur de la crise de nerfs de Mrs Pawle ? Il n'aurait pas dû céder ! Il aurait dû crier plus fort qu'elle ! A quoi cela lui a-t-il servi de contrôler ses nerfs ? A se laisser vêtir de ce déguisement ridicule !

Alan souffrait plus d'avoir à se sauver accoutré en femme que d'avoir tué Fred. Tuer un homme parce qu'il a parlé légèrement de sa maîtresse, eh bien ! cela vous a tout de même une certaine noblesse. Alan sentait qu'il aurait pu supporter d'être la grande vedette de cette tragédie. Il y aurait même trouvé une certaine consolation. Mais être la principale figure d'une farce, un clown, une marionnette de pantomime ! Cela non ! Jamais ! Plus d'une fois au cours de cette nuit interminable, Alan songea que ce qu'il aurait de mieux à faire serait de se livrer à la police et de tout avouer. Ce serait au moins le moyen d'obtenir un pantalon. Mais d'entrer au Commissariat portant unc jupe de lainage et un coquet petit chapeau en feutre bleu pâle était au-dessus de ses forces.

V

Si, pendant une nuit, la vie paraît intolérable et indigne d'être vécue, dès que paraît le jour elle redevient étonnamment tenace. Alan, qui avait soupesé toutes les méthodes les plus pratiques de suicide, songea maintenant au meilleur moyen de prolonger le plus possible sa misérable existence. Son intérêt à vivre augmenta encore lorsque, ouvrant le petit sac de Mrs Pawle, il y aperçut quelques billets de banque. Il les compta : il y avait trois livres, six shillings et six pence. « Tant mieux », songea-t-il, pour la première fois un peu réconforté. Puis il s'examina dans la petite glace qui se trouvait également dans le sac à main d'Evelyn. Il se fit horreur ! Il ne ressemblait en rien à une jeune fille, mais tout à fait à un homme déguisé. Le policier le plus stupide l'arrêterait à première vue. Anxieusement, il se saisit de la houpette et de la poudre de riz et du bâton de rouge. Et furieusement se fit une beauté un peu plus féminine. Puis il baissa un peu le bord du feutre bleu pâle, de façon à mieux dissimuler sa figure.

Enfin il examina le contenu de la valise avec l'espoir d'y trouver au moins un rasoir. Bien entendu, il n'y en avait pas. Par contre, la prévoyance de Mrs Pawle y avait emballé quantité d'objets tout à fait inutiles : du linge de soie, charmant sans doute, mais tout à fait superflu pour le pauvre fugitif aux abois qu'il était. Il y avait aussi une boîte à poudre, des bas de soie tellement fins qu'ils ne pouvaient lui être d'aucune utilité, un autre chapeau, une paire de gants beaucoup trop petits, une paire de souliers à talons beaucoup trop hauts, et enfin, Dieu merci, une éponge et une brosse à dents. Cette valise si logeable contenait aussi une robe d'après-midi et un flacon de parfum. Mais, hélas ! pas de rasoir.

Alan contempla avec mélancolie robe, combinaisons et autres lingeries fines, tout cet amas d'objets inutiles qu'Evelyn avait dû jeter dans la valise dans sa hâte de le renvoyer. L'air du matin était glacial, et Alan s'enveloppa dans le manteau de Mrs Pawle. Puis il s'efforça de penser, d'élaborer un plan. De toute façon il fallait trouver un endroit où il serait en sécurité. Mais, hélas ! où donc serait-il en sécurité ? S'il allait trouver Kathleen ? Il n'avait pas le courage de l'affronter. Elle ne comprendrait rien à sa détresse. Elle ne saurait que ricaner selon son habitude et ne lui serait d'aucun secours. Mieux valait se réfugier parmi des étrangers ; mais comment pouvait-il se résoudre à s'installer dans un hôtel quelconque dans ce déguisement qui, une fois découvert, le couvrirait de ridicule. Alan laissa échapper un gémissement. Puis il regarda ses pieds. Les plus beaux bas de soie de Mrs Pawle étaient réduits en lambeaux par sa longue marche, et ses pieds étaient tuméfiés par les chaussures trop étroites. Il changea de bas. Puis il se souvint que Mrs Pawle lui avait recommandé de l'appeler au téléphone à midi. Mais ce serait stupide de sa part de téléphoner. Quel indice pour la police ! Silverdale devait être plein d'agents et de détectives. A moins que Mrs Pawle... Mais non, on ne pouvait pas espérer cela. Le mieux était d'aller se livrer. Mais il faut du cran pour se livrer, et Alan ne s'en sentait même plus assez pour cela ! Il avait faim. Pourtant il n'osait pas bouger, craignant de se trahir à chaque mouvement. Il remit les abominables souliers qui le faisaient tellement souffrir. Il avait une idée. Il se souvenait de ce petit restaurant où il avait pris le thé avec Kathleen. C'était tout près de l'endroit où il se trouvait : la salle commune était sombre. C'était un bon endroit pour se cacher. Et Alan se remit en route, bénissant le ciel qu'il n'y eût personne aux environs pour remarquer le manque de grâce de sa démarche pseudo-féminine.

VI

Alan posa sa tasse de lait et poussa un soupir de soulagement. C'est extraordinaire le réconfort qu'apporte la nourriture. Même quand il ne s'agit que de pain et de confiture et d'une tasse de lait... La vieille femme qui le servait ne se doutait de rien.

— Désirez-vous quelque chose d'autre, Miss ?

— Oui. (Terré dans un coin sombre, Alan était très sûr de lui.) Je voudrais des cigarettes, s'il vous plaît. Et... avez-vous le journal d'aujourd'hui ?

— Je regrette. Nous n'avons pas de cigarettes. Mais je vais vous chercher le journal.

— Merci ! — Ouf !

La vieille n'avait rien remarqué au sujet de sa voix, tout allait bien. Quant au journal, il devait y avoir un paragraphe concernant la mort de Fred. Et alors... Il croyait lire : « La police est sur les traces d'un jeune homme qui... »

Quand le journal fut effectivement dans sa possession, Alan n'osa plus l'ouvrir. Enfin il y jeta un coup d'œil : il n'y avait rien à la première page... il en était à la dernière quand la porte s'ouvrit et deux nouveaux clients entrèrent. Alan s'affola. C'étaient deux jeunes gens, un garçon et une fille, en short kaki et portant des sacs de camping sur leur dos. Alan s'écrasa contre le mur, se dissimulant tant bien que mal derrière son journal. D'ailleurs ils ne firent aucune attention à lui, même quand la vieille leur dit qu'elle leur servirait la même chose qu'à la demoiselle qui était là. Ils demandèrent où on pouvait se laver les mains et sortirent. Alan se serait bien sauvé, mais il n'avait pas encore fini de déjeuner. Il avala rapidement le reste de son pain, au risque de s'étouffer. Tout d'un coup, il aperçut le sac du jeune homme qui traînait par terre. Il contenait sûrement un rasoir. Et Alan avait grand besoin d'un rasoir, surtout si cette mascarade devait se poursuivre... S'il pouvait s'en saisir ? Mais la fâcheuse habitude d'être honnête rend lent pour l'action, et les deux jeunes gens étaient de retour avant qu'Alan ait pris une décision. Il se dissimula de nouveau derrière son journal, espérant désespérément que rien ne clochait dans son apparence.

— Pardon.

Alan eut un choc. On s'adressait à lui. Il fit semblant de ne pas entendre et continua sa lecture.

— Pardon.

Flûte pour cette fille ! Alan leva le nez avec précaution au-dessus de son journal

— Je m'excuse de vous déranger, mais pourriez-vous me dire s'il y a un chemin qui mène à Marbamstood en longeant la mer ? Je n'en vois pas sur la carte...

Alan avala sa salive :

— Je suis désolé, dit-il d'une voix enrouée, je connais peu ces parages.

Il regarda la jeune fille avec anxiété. Avait-elle des soupçons ?

Mais elle lui parla de nouveau avec franchise et même avec amitié.

— Vous avez un mauvais rhume, n'est-ce pas ?

— Ce n'est rien... La gorge un peu fragile...

— Je peux vous donner une boule de gomme. J'en ai toujours sur moi en cas de besoin.

— Oh ! non, merci ! dit Alan, terrifié à l'idée que la jeune fille allait s'approcher de lui.

— Mais si, voyons, juste une !

— Non, merci, vraiment.

Au diable cet esprit d'entraide qui vient toujours mal à propos ! Il n'offrait jamais rien, lui, à des gens qu'il ne connaissait pas !

Dès que ce fut possible, il se leva précipitamment et sortit de la pièce sans accorder un regard aux deux jeunes gens. Il poussa un soupir de soulagement quand il fut dehors. Il trouva la vieille dans l'arrière-cuisine et la paya. Mon Dieu ! que c'est difficile de trouver de l'argent dans un sac à main !

Après s'être assuré que le chemin était libre, Alan s'élança vers sa cachette derrière une touffe de genêts. Alan savait qu'il aurait dû se sauver plus loin, dans la ville par exemple. Mais l'idée de retrouver des êtres vivants, de les croiser, surtout dans cette tenue!... Alan resta trois heures derrière la touffe de genêts.

VII

Alan en eut assez... Il voulut mourir. S'il attrapait une bonne pneumonie, ce serait vite fait, et le secret d'Evelyn serait bien gardé. Avec cette pensée, se souciant peu de ce qui pourrait lui arriver, Alan s'éloigna de sa touffe de genêts. Le résultat positif était qu'il n'y avait pas encore de chasse à l'homme ou de battues organisées dans le pays. Alan se souvenait d'un film terrifiant qu'il avait vu où le malfaiteur était finalement arrêté après une poursuite incroyable dans la campagne.

Le plus ennuyeux était cette barbe d'Alan qui paraissait n'avoir jamais poussé plus vite. Un rasoir devint symbole de sécurité. Où trouver un rasoir? Le précieux objet semblait aussi lointain que la toison d'or. Seulement, la nuit se mit à tomber. Alan ressentit un vide dans l'estomac. Etait-ce la crainte ou la faim? Il ne savait pas. Et puis, peu importait après tout : pas de rasoir, pas d'espoir. Au crépuscule, il se leva enfin et essaya de remettre les fameux souliers qu'il avait enlevés. Impossible! Les pieds avaient enflé et portaient d'horribles ampoules. Alan se souvint des pantoufles qui étaient dans la valise. Elles étaient plus petites que les souliers, mais elles pouvaient être coupées sur le dessus. A l'auberge, il demanderait un couteau. (Pourquoi diable Mrs Pawle ne lui avait-elle pas donné une paire de ciseaux?)

Alan enfila son manteau avec difficulté, car les manches bouffantes de la robe ne se pliaient pas, et se dirigea vers l'arrière-cuisine de l'auberge, où il savait qu'il y avait aussi une porte. C'était un risque à courir, évidemment... Alan pensa qu'il laissait derrière lui un sillage aussi facile à reconnaître qu'une route nationale. Mais il était affamé. Il avait à peine fait dix pas qu'il s'arrêta pour enlever ses bas de peur qu'ils ne se déchirent au contact des ronces du chemin. Il continua en sautillant sur ses pieds nus. Les ronces se prirent dans sa robe de crêpe georgette. Alan réfléchit avec une rage désespérée au fait que les femmes ne portent vraiment pas de vêtements pratiques !

VIII

Une fois encore la nourriture lui fit du bien. Il avait vaguement expliqué à la vieille les raisons de son retour, tremblant à chaque parole qu'elle ne découvrît quelque chose d'anormal dans son maintien. Mais grâce au ciel, elle était un peu gâteuse. Elle le fit entrer dans la salle commune, vide à présent, et où une petite lampe à huile jetait une clarté diffuse. Décidément la chance tournait... Alan dévora deux œufs à la coque, du pain et de la confiture. Dès que la vieille eut quitté la pièce, il se saisit d'un couteau et fit des entailles dans ses pantoufles. Le résultat fut merveilleux : ses doigts de pieds dépassaient légèrement le bout, et les talons (car c'étaient des mules) étaient un peu gênants... Mais entre cela et aller pieds nus...

Alan pensa qu'il pourrait rester la nuit dans l'auberge. Comme c'était simple. Pourquoi n'y avait-il pas songé plus tôt ? Comme cela allait être bon de coucher dans un lit ! L'auberge était un havre de paix et de sécurité où il allait retrouver ses forces. Quand la vieille revint enfin à l'appel d'une petite sonnette aigrelette découverte par Alan, celui-ci était tellement excité à l'idée de son lit qu'il en oublia presque de modifier sa voix.

— Une chambre ? répéta la vieille qui parut surprise. C'est que nous ne prenons pas de pensionnaires, Miss, je suis désolée.

Alan la regarda avec désespoir.

— Tant pis, dit-il tristement.

C'était sa chance, sa chance habituelle.

Il paya sa note, puis jeta un coup d'œil sur sa montre : il était 8 h 45. Alan sursauta : 8 h 45 !

— Avez-vous un poste de T.S.F. ? demanda-t-il brusquement à la vieille.

— Non, malheureusement. Il y a longtemps que...

Mais déjà Alan n'écoutait plus. Il se précipita vers la porte en sautillant sur ses hauts talons. Il fallait qu'il entende les informations de 9 heures. C'était indispensable. Il saurait, de cette façon, si la police était à ses trousses...

Comme c'est difficile de marcher avec des talons hauts ! Alan bondissait sur la pointe des pieds comme il l'avait vu faire à certains animaux savants dans les foires. C'était à devenir fou ! Alan se mit à haleter : ses jupes se gonflaient et l'empêchaient d'avancer. *Pourquoi* diable s'était-il enfui sous son déguisement invraisemblable et ridicule ?

Neuf heures moins dix, et pas un café, pas une maison en vue ! Enlevant les fameuses pantoufles, Alan se mit à courir sur la route... Tout d'un coup il entendit de la musique. Cela venait de la droite... et ne pouvait être qu'un appareil de T.S.F. Alan se précipita vers la haie qui bordait la route. Une maison se profilait dans le ciel. Il y avait de la lumière, et le poste de radio devait être le centre d'une famille confortablement assise, et que pour cette raison Alan imaginait heureuse et paisible.

Alan poussa la grille qui s'ouvrit sans bruit. Il était dans la cour de ferme. Il avança en glissant sur du fumier jusqu'à la fenêtre d'où partait le bruit. Il était temps : une voix annonçait : « Et voici notre programme de ce soir. — Tout d'abord, avant notre bulletin d'information, nous vous prions d'écouter un message de la police... » Alan crut qu'il allait s'évanouir ; il s'accrocha désespérément au rebord de la fenêtre pour ne pas tomber. Il entendit vaguement qu'un vieillard avait été renversé par une auto, qu'on recherchait le conducteur coupable qui avait pris la fuite, etc. Alan poussa un soupir de soulagement. Mais il valait mieux attendre la fin des nouvelles pour être tout à fait sûr. Tout d'un coup Alan se rendit compte qu'un animal était en train de le flairer. Il fit un bond, et immédiatement la calme nuit se remplit d'aboiements furieux. C'était un chien, un gros berger allemand, qui sautait autour de lui en aboyant férocement. Alan voulut courir vers la grille, mais dans son affolement, il ne la trouva pas. Par contre, il échoua dans la basse cour, et les poules se mirent à faire un vacarme d'enfer autour de lui. Dans une seconde, la porte de la maison allait s'ouvrir et un solide gaillard le saisirait au collet, etc. A cette affreuse pensée, Alan lança sauvageusement un coup de pied au molosse, mais il manqua son coup et s'étala de tout son long dans le fumier et dans la boue. Le chien sauta sur lui en grognant de façon fort déplaisante. La bête commença à déchirer le manteau, et Alan le lui abandonna en espérant que cela lui suffirait. Puis, comme il le redoutait, la porte de la maison s'ouvrit et un homme parut :

— Bob, appela-t-il, Bob, viens ici, qu'est-ce qu'il y a ?

Alan se glissa derrière l'une des bornes de l'entrée et attendit son sort.

Le chien se dirigeait vers son maître en traînant le manteau après lui. L'homme ramassa le manteau et éclata de rire.

— Ça alors ! Bob se met à ramasser les vieilles frusques maintenant ! Dieu que c'est drôle ! Viens, Bob, on va leur montrer ce que tu as trouvé.

Et l'homme rentra dans la maison, suivi du chien, au grand soulagement d'Alan.

Celui-ci finit par trouver la grille et courut comme un fou pour mettre le plus d'espace possible entre lui et le redoutable molosse.

Le bon ordre de sa toilette avait beaucoup souffert de cette dernière aventure. La robe était en lambeaux, la perruque devant derrière et ses bas réduits à l'état de souvenir. De plus, Alan se rendit compte qu'il avait oublié son sac dans cette fatale basse-cour. Il était donc sans argent, sans souliers et sans espoir. C'était la fin. Oui, c'était la fin. Ces mots résonnèrent dans les oreilles d'Alan comme un glas. Il était un hors-la-loi ; personne ne voudrait plus de lui, pas même Mrs Pawle. On ne peut pas lutter avec un destin aussi acharné à votre perte.

La lune s'était levée à présent et baignait la campagne d'une pâle clarté. Au loin, vers la gauche, la mer brillait étrangement. Alan se dirigea vers la plage. C'était bien simple. Il allait se baigner. Seulement cette fois il nagerait trop loin et ne reviendrait pas. C'était aussi facile que cela.

Après qu'il eut pris cette décision, Alan se sentit très calme. A mesure qu'il s'approchait de la grève, une légère exaltation s'empara de lui. Il était content de mourir, vraiment content. Il n'était qu'un raté, et les ratés doivent disparaître... Combien de désillusions, d'humiliations lui seraient ainsi épargnées !

Au bord des dunes, il s'arrêta et se déshabilla. La nuit était douce ; l'eau ne serait pas trop froide. Débarrassé de ses horribles vêtements Alan se sentit un homme, enfin. Et il allait mourir comme un homme ; Alan se trouva beau et viril dans la tenue d'Adam. Dire que tout ce merveilleux organisme ne serait bientôt plus que de la nourriture pour les poissons ! Mais Alan se redressa, sa résolution était prise, il marcha fièrement vers la mer.

Il n'avait pas fait deux pas qu'un bruit de voix le fit sursauter. Instinctivement il alla s'accroupir de nouveau derrière les dunes. Alan voulait bien se noyer, mais il ne voulait pas en faire un spectacle. Les voix s'approchèrent. C'étaient un homme et une femme et ils semblaient se disputer. Les maudissant de troubler ainsi ses derniers instants, Alan tendit l'oreille pour écouter ce qu'ils disaient. Mais il n'entendit rien. Le diapason de la dispute baissa et la femme eut un gloussement étouffé. Puis, le silence. Qu'était-il arrivé ? Alan sentit de nouveau la crainte l'envahir. Certainement ils l'avaient aperçu et, pendant que l'homme montait la garde, la femme était allée chercher la police. On n'allait même pas lui laisser le temps de se noyer ! Deux secondes après un corps blanc surgit des dunes et courut à la mer où il plongea sous une vague. Il fut aussitôt suivi d'un autre corps blanc plus petit, plus mince, qui suivit le même chemin, mais qui entra plus posément dans l'eau.

Alan poussa un soupir de soulagement. Il ne s'agissait que de deux campeurs, dignes pendants des deux campeurs de l'auberge, qui allaient prendre leur bain au clair de lune.

Alan se sentit frustré. De quel droit ces deux-là venaient-ils troubler le lieu de son immolation ?

Mais cet homme qui se baignait devait avoir un sac, et peut-être dans ce sac y avait-il un rasoir ? O chance inespérée ! Alan oublia complètement qu'il devait se noyer. Il courut vers un petit tas de vêtements près desquels effectivement il y avait un sac. Alan renversa le contenu du sac sur le sable et trouva un rasoir dans un étui. Ravi, il s'enfuit avec sa proie. Tout d'un coup il s'arrêta dans sa fuite. Il était fou probablement. Il avait presque laissé échapper la chance de sa vie... Il déposa rapidement la robe détestée près du sac du campeur et s'enfuit pour la seconde fois en serrant contre lui les vêtements de l'homme qui se baignait tranquillement au clair de lune.

IX

Alan se réveilla le lendemain matin en excellente forme. Il avait très faim, mais se consolait en pensant qu'il lui était de nouveau donné de porter des pantalons. Quelle délicieuse sensation ! Du même coup qu'il revêtait des habits d'homme, Alan avait envisagé la situation avec plus de calme. Il comprit que la police ne pouvait manquer de l'attraper. Il valait donc mieux qu'il se livre à elle avec dignité. L'honneur voulait aussi qu'il épargnât Mrs Pawle ; et il se promit de ne pas la nommer.

En une heure, Alan arriva à la ville. Son esprit était calme et il se sentait presque heureux. Oui, pour la première fois depuis la mort de Fred, il était heureux. Il avait l'impression que l'aventure était finie. Il avait mis un terme aux tourments d'Evelyn. Il avait tué le dragon qui menaçait sa Dame. Il irait en prison, mais peu importait ; l'honneur était sauf... Avec l'auréole du martyre, Alan marchait glorieusement au sacrifice. Néanmoins le coup de téléphone à Evelyn s'imposait avant le moment suprême, c'est-à-dire avant le poste de police qui se trouvait au coin de la rue. Il se dirigea d'abord vers le téléphone public qui se trouvait à l'entrée de la jetée. Il croisa peu de monde à cette heure matinale : des gens ordinaires avec des occupations sans intérêt et des vies sans drame... Il forma le numéro de Silverdale sur le cadran. Deux secondes après l'écouteur tombait de ses doigts et il sortait de la cabine comme un homme frappé par la foudre ; la voix qui lui avait répondu au bout du fil était celle de Fred.

CHAPITRE XV

I

— Mon cher enfant, il fallait que je le fasse. (Le ton de Mrs Pawle était pathétique.) Vous ne comprenez pas : il disait qu'il divorcerait si je n'agissais pas selon ses ordres. Divorcer ! Vous rendez-vous compte, Alan ?...

— Vous auriez pu me mettre sur la voie, me dire un mot, ou bien m'écrire quelques lignes et mettre le papier dans la valise.

— Je ne pouvais pas. Vous connaissez Fred. J'ai cru qu'il allait me tuer sur le coup. Il était livide.

— Je ne comprends encore pas pourquoi vous lui avez tout raconté !

Mrs Pawle expliqua à Alan qu'elle avait été si étonnée, en retournant dans le cabinet de consultations, de voir son mari vivant qu'elle avait perdu la tête et vendu la mèche.

— Je n'ai pas pu m'en empêcher ; il m'hypnotisait. Vous ne pouvez pas me blâmer.

— Mais je ne vous fais pas de reproches, dit Alan d'une voix glacée.

Il avait retéléphoné à Silverdale à une heure où il savait que Fred faisait sa tournée, et il avait persuadé

Mrs Pawle de venir à Seaport et de le voir, ne serait-ce que pendant dix minutes. Il y avait maintenant une demi-heure qu'ils étaient dans le café.

— Ce fut épouvantable pour vous, chérie.

Mrs Pawle soupira.

— Epouvantable !

Elle raconta à Alan comment Fred lui avait fait jurer de ne jamais le revoir, et cette fois-là devait être la dernière, la dernière absolument !

Alan ne répondit pas. Il lui paraissait impossible qu'Evelyn l'ait laissé se sauver cette nuit-là, vers ce monde hostile, dans cet horrible déguisement et sous le coup d'une accusation de meurtre. Comment pouvait-elle avoir fait une chose pareille ? C'était incroyable...

— Ce fut votre châtiment pour notre péché, expliqua Mrs Pawle.

— Et quel est *votre* châtiment ?

— Je dois continuer à vivre avec lui.

Alan ne put rien répondre.

Il y eut un silence.

— Je savais que Fred ne vous pardonnerait jamais d'avoir gagné ce pari ; je vous ai prévenu, dit Mrs Pawle.

— Eh bien ! il s'est vengé ! A-t-il comploté cela quand il était évanoui ?

Pour Alan, maintenant, Fred était un surhomme et il n'y avait rien qu'il ne puisse faire.

— Il est resté très peu de temps évanoui. Juste une minute. Il est tout de suite revenu à lui.

— J'espère tout de même lui avoir donné un bon mal de tête, dit Alan sauvagement.

— Vous ne devez pas être vindicatif, chéri. Fred avait quelque raison de vous en vouloir, après tout...

— Il s'est rudement bien vengé, ce sale personnage,

dit Alan presque en larmes. Me faire mettre vos vêtements ! Il savait que cela me fait horreur !

— C'est à cause du pari...

— Il vous a dressée, en tous les cas ! Ne pas même m'avoir donné une indication, un coup d'œil !

— Alan, j'étais terrifiée... (Le ton de Mrs Pawle était de plus en plus pathétique.) Il aurait divorcé. Pensez un peu à moi, Alan. Vous n'auriez pas aimé qu'on vous appelât devant les tribunaux « l'amant de Mrs Pawle ».

— Alors, dit Alan épuisé, il ne va rien faire... contre moi ?

— Non, c'est pardonné. Il était furieux tout d'abord. Et puis, il s'est calmé. Cela n'aurait pas été la même chose si vous aviez été un homme véritable.

Alan bondit :

— Qu'est-ce que je suis, alors ? un de ces dégoûtants ?...

— Alan ! s'écria Mrs Pawle, profondément choquée.

II

Alan, assis dans son compartiment de troisième classe, lisait distraitement une revue illustrée. Mrs Pawle lui avait promis qu'elle lui enverrait ses vêtements, car il n'avait pas eu le courage d'aller jusqu'à Sambourne.

Maintenant il fallait qu'il affronte sa mère, qui lui demanderait pourquoi il avait écourté son séjour... Mais Alan ne pensait pas à Mrs Littlewood ; il ne pensait même pas à Mrs Pawle. Il pensait à lui-même. Il était plein de honte et de dégoût. Comme un sale galopin après un mauvais coup, il s'était sauvé, sauvé ignominieusement. Il était un lâche, et c'était sans remède. — Ah ! oui, Fred s'était bien vengé !

Alan regarda le paysage, tandis que des larmes amères coulaient le long de ses joues. Fred l'avait battu, Fred avait ravagé son âme.

ÉPILOGUE

L'université n'avait ouvert ses portes que depuis huit jours, mais déjà un bon feu de bois faisait plaisir. Le porto était fameux. Piggy avait toujours de l'excellent porto.

— Oui, pas un mot à Jerry et aux autres ; quoique, à vrai dire, j'ai déjà fait quelques allusions à Jerry...

Les yeux de Piggy brillaient d'admiration.

— Alors le mari t'a chassé ?

— Je te crois ! (Alan rit bruyamment.) Et ça m'a fait un drôle d'effet de croire que je l'avais tué. Alors j'ai passé deux nuits à la belle étoile. Pas très confortable, tu sais, je ne te conseille pas d'essayer. J'avais un trac épouvantable, je le reconnais. Un peu plus et j'étais désigné comme l'amant dans le procès. Tu te rends compte ? Je n'aurais pas pu revenir à l'université. Crois-moi, Piggy, décidément, les femmes n'en valent pas la peine. Bien sûr, je me suis follement amusé le temps que ça a duré, mais, franchement, le jeu n'en vaut pas la chandelle. Quand je te dirais que...

L'âme humaine est sujette à ces variations.

DU MÊME AUTEUR

Aux éditions Gallimard

COMPLICITÉ

PRÉMÉDITATION

Impression Bussière à Saint-Amand (Cher),
le 10 décembre 1986.
Dépôt légal : décembre 1986.
Numéro d'imprimeur : 2514.
ISBN 2-07-037785-7./Imprimé en France.

39409